근육이 튼튼한
여자가 되고 싶어

근육이 튼튼한
여자가 되고 싶어

다정하고 강한 여자들의 인생 근력 레이스

이정연 지음

웅진 지식하우스

다정함은 근력에서 나온다

"회원님, 군것질 좀 좋아하시죠? 여자 회원분들이
가장 힘들어하는 게 분식이랑 과자 이런 거 안 먹는
거더라고요. 그런 건 딱 끊으십시다!"

헬스클럽에서 체성분 분석을 하면, 결과지를 보고
트레이너들이 하는 말이 거의 같았다. 좌절이랄 것도 없
었다. 왜냐? 나는 표준에서 경도 비만 쪽으로 살짝 벗어
난 몸무게였으며, 복부 비만이라고 적혀 있었기 때문이
다. '비, 만'. 이 단어만이 뇌리에 깊이 박혔다. 다른 결과
는 제대로 살펴보지도 않았다.

퍼스널 트레이너의 별 고민 없는 체지방 줄이기 프

로젝트에 따라 운동을 했다. 그러다 불쑥 이렇게 말하는
트레이너.

> "상체 운동을 하신다고요? 여자 회원분들은 어깨
> 커진다고 상체 운동 안 하려고 하시던데……."

각기 다른 곳 세 명의 트레이너가 모두 같은 말을 했
다. 매뉴얼이라도 있는 건가? 당시 살 빼려고 운동을 시
작한 건 맞지만 '날씬한 근육 몸매 만들기'에 중점을 둔
운동 프로그램은 곧 지루해졌다. 죄책감을 자극하거나
어쩐지 거슬리는 말들도 신경이 쓰여서 도무지 운동에
정이 붙질 않았다.

그렇게 나의 운동 방랑 생활에 또 위기가 닥쳤다. 하
지만 그 과정을 통과하며 확실히 알게 되었다. 운동을 하
면서 걸러야 하는 게 무엇인지, 운동을 통해 내가 진짜 얻
으려는 게 무엇인지.

"도로를 근육이라고 합시다. 각자 속도나 필요에 따라 도로를 놓아야죠. 대부분의 시간을 앉아서 일하는 회사원들에게 엄청난 근육량이 필요할까요? 8차선 도로로 무리하게 확장하기보다는 2차선 도로를 잘 닦아 써도 되는 겁니다."

나의 근력 운동 선생님인 최현진 파워존 합정 관장이 수업 도중에 툭 이 말을 던졌다. 그렇다. 모두 각자의 방향과 목적이 다르고, 잘 맞는 운동 또한 다르다. (이제는 건강검진 때만 측정하는) 체성분 분석을 할 때면 결과지 맨 아래부터 본다. 근육량을 살핀다. 내 생활을 유지하기에 적지도 많지도 않다. 씩 한번 웃고, 온몸에 힘을 꽉 주고 턱걸이 연습을 한다.

이 책은 내게 맞는 운동을 찾아간 여정이자 내가 원하는 삶을 찾아간 이야기이다. 덕업 일치의 기회를 잠시나마 누리며 한국 언론에서 가장 재미있는 지면인《한겨레》라이프스타일 섹션 ESC에 담았던 이야기도 함께 실었다. 회사에서 만난 나의 큰언니 박미향 ESC 팀장의 도움이 없었다면 불가능했을 일이다.

부모님은 이 책의 어느 구절을 보고 놀라실지 모르겠다. 당신들에게 수년간 털어놓지 못했던 이야기를 짧게 담았다. 당부하고 싶다. 슬퍼하지 않으셨으면 좋겠다. 두 분이 나를 누구보다 낙관적이고 용기 있는 사람으로 길러주신 덕에 지금의 나는 아주 건강하고 행복하다.

책을 쓰는 행복과 고통과 방황과 성장을 지켜보며 매번 맑은 응원을 보내준 편집자를 향한 감사를 빼놓을 수 없다. 그와의 합작품인 이 책을 읽고 누군가가 "몸과 마음의 근육에 단단한 힘을 기르고 싶어졌다"라며 몸과 마음을 움직이기 시작한다면 더 바랄 게 없겠다. 책이 나오기까지 내 삶의 일부가 움직이고 바뀐 것처럼.

나의 운동 멘토 최현진 관장의 꿈은 "다정하고 강한 사람"이라고 한다. 나의 꿈과 꼭 같다. 수년간 예열하고 다져온 이야기와 근력을 통해 다정하고 강한 영향력을 발휘할 수 있기를 꿈꾼다.

contents

2 나의 운동 방랑 정착기

3 여기, 여자들의 운동장

4 근육 튼튼 할머니가 됩시다

1

똑똑,
근육통장 개설하실래요?

하루 빨리 개설하자, 근육통장!

자화자찬으로 시작해보련다. 사실 나는 스스로를 칭찬하는 데 인색한 인간이었다. 자신을 후려치는 데 익숙했던 나는 완전히 달라졌다. 무엇보다 내 몸, 내 근육에 관해서.

내 삶은 근육을 사랑하기 전과 후로 나뉜다. 이전에는 매체에서 토해내는 '이상적인 몸매와 몸무게'의 노예로 오랜 시절을 살았다. 내 몸을 스스로 들여다보기 시작한 이래 내 몸을 좋아하기보다 꼴 보기 싫어할 때가 훨씬 많았다. 한때는 미용 몸무게(날씬해 보이는 몸무게)에 도달하지 못해 안달이었다. 타고난 근육량이 많은데도 그것을 장점이라 여기지 못하고 오히려 살이 잘 안 빠지고 몸무게가 많이 나가는 원흉이라고까지 생각했다. 이제는 하루를 마무리하고 집으로 돌아와 씻고 난 뒤에 거울을 보며 씩 웃는다. 내 몸, 내 근육이 정말 멋지다!

그렇다고 매끈한 '王'자 복근을 장착하고 멋진 액션 장면을 소화하는 배우나 보디빌더 같은 몸을 상상했다면 실망할지 모르겠다. 내 몸과 근육의 상황을 말할 것 같으면 키 162센티미터에 몸무게 62킬로그램, 체지방율 27퍼센트. 배를 중심으로 넉넉한 체지방이 온몸을 감싸고 있다. 근육은? 체지방 아래에 있어서 잘 안 보인다. 나는 날씬하지 않다. 특별히 옷맵시가 뛰어나거나 많은 사람이 선망하는 특수 부위(?)의 근육이 보기 좋게 발달한 것도 아니다.

다만 팔 근육이 점점 붙어서 3년 전에 꼭 맞게 입던 재킷을 입으면 박음질이 터질 듯하다(실제로 겨드랑이가 터진 재킷이 두 벌이다). '매끈한 근육 몸매'가 아니라 '근육이 충분한 몸'이다. 신체 부위별 표준 근육량을 측정해보면 허벅지 100퍼센트부터 팔 120퍼센트를 자랑한다.

이 숫자 저 숫자를 늘어놓았지만 자랑하려는 건 숫

자가 아니다. 수치는 중요하지 않다. 내가 충분히 센 사람이라는 것, 이것을 자랑하고 싶다. 나는 근육이 든든한 사람이다. 그리고 근육을 힘 있게 쓸 줄 아는 사람이다. 120킬로그램 바벨(역기)을 바닥에서 떼어 들 수 있고, 18킬로그램 케틀벨을 한 손에 잡고 그 팔을 뻗어 머리 위로 들어 올릴 수 있다.

금융통장을 보면 박막한데, 근육통장을 보면 든든하다. 100세 시대의 노후 대비 가운데 이만큼 이율 좋은 통장이 또 있을까? 표준 근육량 100퍼센트의 통장에 100퍼센트의 힘까지 차곡차곡 쌓으니 평생 탈 연금을 저축한 기분이다. 거울을 보며 어깨 근육과 팔 근육, 겨드랑이 밑 넓은등근에 힘을 힘껏 줘본다. 단단하게 힘이 들어간 근육! 근육통장이 두둑하니 마음도 저절로 두둑해진다.

특별히 프로 스포츠에 도전하지 않을 테니(물론 미래는 아무도 모른다) 근육통장에 투자하는 것은 자기만족 외에 별 쓸모없지 않느냐고 묻는다면 절대, 절대 아니다. 실제로 내가 '여자'치고 근육이 '너무' 많다고 여기는 사람이 있기에 여기에 답한다. 내 근육들은 나의 일상을 야무지게 받쳐주고 있다. 근육 덕분에 허리와 목을 곧게 펴고 책상 앞에 앉아 있고, 좋아하는 음악이 나오는 공연장에 가서 방방 뛰논다. 친구들과 함께 나눌 맛있는 음식을 만들기 위해 가스레인지 앞에 서 있을 때도 허리를 손으로 받치지 않는다. 나를, 나의 일상을 무탈하게 지탱해준다. 무탈함에 투자하자. 그렇지 않으면 더 많은 비용이 소모된다.

당연하게도 근육과 힘을 다지기 위해 꼭 필요한 건 '운동'이다. 이어 운동 덕후의 간증이 이어질 법한데, 자기 고백을 먼저 해야겠다. 나는 운동 방랑자였다. 시골에서 나고 자랐기에 몸을 움직이는 데 익숙한 편이었다. 논두렁 계주를 하며 놀고, 뒷산을 타고 숨바꼭질을 하며 다져진 체력은 직장생활을 하면서 온데간데없이 사라졌다. 운동을 하긴 해야겠기에 헬스클럽도 기웃, 수영장도 슬쩍, 암벽 등반도 찔끔… 안 해본 게 없을 정도였지만 도무지 내게 맞는 운동에 정착하지 못했다. 너무 지루했다. 운동 덕후가 되기엔 너무나 약한 의지. 그랬던 내가 일주일에 두 번씩 3년 넘게 빠지지 않고 하는 운동이 생겼다.

남들보다 건강한 편이라고 생각하며 살아왔지만, 착각이었다. 어느 날 인생의 하수구에 빠지고서야 깊이 깨달았다. 돌파구를 찾기 위해 운동에 몰입한 시기도 있었으나 그래서 문제가 해결되었느냐고 묻는다면, 답은 아니다. 다만 일주일에 두 번씩 운동을 가는 일이 몸에 익으면서 내 인생의 많은 풍경이 바뀌었다.

근육이 채워지자 자연스럽게 삶이 다시 채워졌다. 몸이 건강해지니 덩달아 마음도 회복되어갔다. 나의 운동 목표는 '예쁜 몸'이나 '남들이 보기 좋다고 인정해주는 몸'이 아니다. 그런 욕망에서 시작된 의욕은 금세 사그라들었다. 내 안에서 시작된 '몸과 마음이 건강한 사람이 되고 싶다'라는, 아주 단순한 목표가 지금의 나로 이끌었다.

참고로 내가 가장 좋아하는 내 근육은 어깨세모근이다. 고백하자면 내 몸에서 가장 싫어했던 부분이다. 지난날을 보상하듯 어깨에 칭찬을 퍼붓는 요즘이다. 재킷 안에 넣는 어깨 뽕 같아 싫어했던 나의 어깨세모근은 이제 나의 큰 자랑거리다. 멋지다, 내 어깨세모근!

금융통장을 보면 막막한데,

근육통장을 보면 든든하다.

근육은 나의 일상을 무탈하게 지탱해준다.

무탈함에 투자하자. 그렇지 않으면

더 많은 비용이 소모된다.

힘을 기르는 건 나를 기른다는 것

"여자분이 그렇게 힘세서 뭐 하게요?"

그동안 운동을 할 때마다 숱하게 들어왔던 이 말에는 약
간의 비아냥거림이 섞인 듯했다. 괜한 느낌일까? 이제는
그런 질문을 하는 사람들에게 되묻고 싶다. "힘을 기른다
는 게 뭐라고 생각하세요?"라고. 같은 질문을 스스로에게
도 던지곤 한다.

내가 운동할 때 가장 많이 쓰는 도구는 케틀벨. 손잡
이가 달린 추 혹은 주전자 모양의 쇠로 만든 근력 운동기

구다. 양손 또는 한 손으로 케틀벨을 잡고 그것을 가랑이 사이로 보냈다가 어깨높이까지 올리는 '스윙'은 상하체와 복부의 근육, 흔히 '코어 근육'이라고 일컫는 몸 중심부의 근육을 단련하는 데 좋다. 2011년에 취재 때 접해본 뒤로 운동 방랑을 하며 전전하던 몇몇 헬스클럽에도 모두 케틀벨이 있었다. 그러나 케틀벨을 쓰는 사람은 많지 않았고, 새로운 운동에는 부나방처럼 뛰어드는 나조차 무엇에 쓰는 물건인지 안중에도 없었다. 이내 관심사에서 멀어졌다.

그렇게 몇 년이 훌쩍 지나 다시 케틀벨을 만나고 보니, 신세계였다. 스트롱퍼스트Strongfirst 프로그램을 시작하면서 다양한 케틀벨 운동법을 접했다. 케틀벨을 가슴께 올린 뒤 팔을 머리 위로 쭉 펴는 '클린 앤드 프레스', 케틀벨을 가슴께 올린 뒤 무릎을 굽혔다가 펴는 '클린 앤드 스쾃', 케틀벨 스윙을 한 뒤 어깨부터 머리 위까지 한 번에 쭉 펴는 '스내치' 등의 동작을 배우니 이보다 역동적일 수 없었다. 게다가 일곱 달 사이에 한 손 스윙을 할 때 쓰는 케틀벨 무게가 8킬로그램에서 20킬로그램까지 늘었으니, 안주할 새는 없었다. 좀 익숙해졌다 싶은 때 무게를 더해 한계치를 높여갔다. 그렇게 근육이 붙기 시작하자, 팔에도 힘이 생기고 운동에도 재미가 붙었다.

지속적인 운동에는 어떤 체육관을 다니는지도 결정적이다. 내가 다니는 체육관인 파워존 합정에서는 애초에 여자가 그렇게 힘세서 뭐 하느냐는 질문은 등장조차 하지 않는다. 이 체육관은 아마조네스(그리스 신화에 나오는 여전사족) 같은 분위기를 물씬 풍긴 달까? 관장도 코치도 여성이고, 수강생도 여성이 아주 많다. 그래서 여성이 어떤 운동을 왜 하든 별다른 의식을 하지 못했다. 이 점이 과거에 운동했던 공간들과 다른 점이었고, 편안했다.

운동 덕후가 되면서 힘을 기르고 강해진다는 것에 대한 답을 서서히 찾아가고 있다. 지금의 답은 이렇다. 힘을 기른다는 것은 나를 기른다는 것과 꼭 같은 말이다. 특정 운동의 효과와 효능은 있을 수 있지만 그보다 중요한 건 '건강한 나'를 찾는 것이다. 그렇게 오늘도 힘을 기른다. 20킬로그램짜리 케틀벨 한 손 스윙을 거뜬히 해내며.

마른 근육 말고 진짜 근육

나는 종아리에 알이 싫다. 텔레비전에 나온 사람들은
이런 알이 없다. 어떻게 하면 알을 없앨 수 있을까?

고향집에 가서 발굴한 초등학교 6학년 시절의 일기를 들
춰보니 이렇게 적혀 있었다. 나는 텔레비전 광고를 좋아
했는데 광고 속 여성은 한결같았다. 물렁한 군살이나 단
단한 근육은 없었다. 광고는 반복해서 구매욕을 불러일
으키는 자극적인 메시지를 전달하기에 대중에게 많은 영
향을 끼친다. 나 역시 거기에서 자유롭지 못했다. 광고 속
여성의 이미지에 영향을 받고 자랐으니 어릴 때부터 허

벅지와 종아리와 어깨의 근육을 나도 모르게 타박했다.

　나의 다섯 살 조카 어린이는 나와 같은 고민을 하지 않으며 자라길 바랐다. 그래서 어린이가 가장 많이 접하는 매체에서 다양한 몸이 등장하길 바랐다. 그 바람은 아주 느린 속도지만 이뤄져가는 듯싶다.

　성별 고정관념을 부추기는 광고는 소비자들의 항의로 제작비도 못 건진 채 내려갔다. 성차별에 반대하고 성평등을 주제로 삼은 광고인 '펨버타이징'(페미니즘과 애드버타이징)도 등장했다. 외국에서는 펨버타이징을 대상으로 한 시상식 '펨버타이징 어워즈'까지 생길 정도다.

　실험적이고 파격적인 시도를 할 수 있는 SNS 광고에는 다양한 몸이 등장했다. 거울 속 나와 별반 다르지 않은 그들이 반가웠다. 의류 브랜드 '에어리'aerie는 2014년부터 '#AerieREAL' 캠페인을 펼치고 있다. "모든 여성이 자신의 진짜 모습을 사랑할 수 있도록" 공식 SNS 계정의 사진을 보정하지 않는다고 밝혔다.

　광고 밖으로 확장해보아도 반가운 콘텐츠가 많다. 2019년 스포츠계에서 가장 인상적인 인물을 꼽자면 7월

프랑스 여자 월드컵에서 우승한 미국 여성 축구 국가대표 선수들이다. 주장인 메건 라피노를 비롯해 여성 축구 선수들의 활약과 움직임을 사진과 영상으로 접하고 단번에 빠져들었다. 화보 속 예쁘게 꾸며진 여성 선수들이 아닌, 운동장에서 땀범벅이 되어 뛰다가 골을 넣고 목에 핏대를 세우며 거칠게 환호하는 그들. 그리고 눈에 들어온 건 다부진 근육이었다. 그들의 몸매가 아닌, 폭발적인 힘이 담긴 근육을 동경했다.

김민경 코미디언이 출연한 웹예능 〈시켜서 한다! 오늘부터 운동뚱〉은 운동은 곧 죽어도 하기 싫은 평범한 우리네 심정뿐만 아니라, 진짜 근력이 센 여자의 모습을 보여준다. 또 떡 벌어진 어깨를 의식하지 못해 문을 통과하다가 부딪치곤 한다는 정유인 수영선수의 상체 근육은 많은 여성 수영인에게 동경의 대상이 됐다. 나의 경우, 동경의 대상이 아주 가까이 있으니 3년 동안 다니는 체육관 관장님이다. 그가 민소매 운동복을 입고 턱걸이하는 뒷모습을 보면 턱을 다물지 못하고 주시하게 된다.

마른 근육, 미용 근육……. 여전히 잘 먹히는, 잘 팔리는 말이다. 하지만 동시에 '튼튼한 몸'으로 건강한 삶을 누리고자 하는 여성들도 빠르게 느는 중이다. 자신의 몸을 상품처럼 평가하고 대상화하던 데서 벗어나 진짜 강해지고 싶은 사람들이 여기저기 모여 운동을 하고 있다. 이런 여성들이 많아지면 조카 어린이가 커서 자신의 튼튼한 몸을 자랑스러워할 날이 오지 않을까? 이런 생각이 너무 자연스럽고 당연해서 바람조차 가지지 않아도 되는 날을 향해 한 발 크게 내딛는다.

의류 브랜드 '에어리'aerie는

'#AerieREAL' 캠페인을 펼치고 있다.

"모든 여성이 자신의 진짜 모습을

사랑할 수 있도록"

공식 SNS 계정의 사진을

보정하지 않는다고 밝혔다.

오 캡틴, 마이 캡틴!

미디어에서는 여성의 몸뿐만 아니라 행동이나 이미지도 한정된 모습을 보여주는 경우가 많다. 특히 아름다움을 예찬할 때 대체로 '여성스러움'을 벗어나지 못하곤 했다. 슈퍼 히어로 영화에 등장하는 여성도 남성 캐릭터의 도움이 필요한 여린 캐릭터의 공식을 벗어나지 못했다.

그 공식이 시원하게 깨진 날을 기억한다. 2019년 3월 8일 세계 여성의 날에 개봉한 〈캡틴 마블〉. 마블 시네마틱 유니버스MCU 역사상 최초의 여성 솔로 히어로 영화다.

주인공 캡틴 마블 역을 맡은 브리 라슨은 영화 안에서도 밖에서도 슈퍼 히어로였다. 그는 이 영화에 출연하게 된 계기를 이렇게 말했다. "이 영화는 페미니즘의 상징이 될 수 있어요. 그건 제가 예전부터 바랐던 일이죠." 많은 페미니스트를 두근대게 하는 말이었다(이 발언 때문에 브리 라슨과 영화는 많은 공격을 받았지만).

실은 나는 이 말보다 브리 라슨이 나오는 짧은 영상을 보고 더 가슴이 두근거렸다. 그가 영화 속 액션 장면을 소화하기 위해 근력 운동을 하는 모습을 담은 영상이었다. 그는 고강도의 근력 운동 프로그램을 해내고 있었다. 그리고 얼마 지나지 않아 그의 도드라진 등 근육이 보이는 사진이 공개됐다. 그저 마른 몸이 아닌, 있을 근육 다 있는, 진짜 튼튼한 몸! 그가 슈퍼 히어로로 등장한들 미디어에서 허용하는 딱 그만큼의 마른 근육일 줄 알았는데, 그는 정말 강한 사람이 되어갔다.

〈캡틴 마블〉이 개봉하고 얼마 지나지 않아 〈터미네이터: 다크 페이트〉가 나왔다. 약 30년 전, 어린 시절에 봤던 〈터미네이터〉에 나온 익숙한 배우가 이번에도 등장해 정말 반가웠다. 바로 사라 코너 역의 린다 해밀턴! 이번에는 모성이 아닌 야성을 거침없이 내뿜어 더 반가웠다. 바주카포를 오른쪽 어깨에 얹고, 무심하게 방아쇠를 당기는 그의 모습에 넋이 나가버렸다. 60대가 된 린다 해밀턴의 근육은 강렬한 존재감과 인상을 남겼다. 영화를 찍기 전 1년 동안 근력 운동을 비롯해 군사 훈련 수준의 트레이닝을 받았다는 그. 자그마치 30여 년의 시간이 흘렀지만, 더 강한 모습으로 우리 앞에 섰다.

〈매드 맥스: 분노의 도로〉의 퓨리오사(샤를리즈 테론), 〈스타워즈: 라스트 제다이〉의 레이(데이지 리들리), 애니메이션 〈모아나〉의 모아나. 시간을 좀 더 앞으로 돌리자면 내 기억 속 최고의 여성 영화인 〈슈팅 라이크 베컴〉의 제스(파민더 나그라)와 줄리스(키이라 나이틀리)까지. 위기에서 구해지거나, 처참하게 공격당하는 존재가 아닌 제 몸을 자유롭게 움직이는 영화 속 여성들이 나에게는 모두 슈퍼 히어로다. 동시대 많은 여성과 특히 여자 어린이들에게 "나도 저렇게 튼튼하고 강해지고 싶어"라는 꿈을 심어주는 존재들. 언젠가 조카 어린이가 〈캡틴 마블〉을 볼 수 있는 나이가 되면 곧장 함께 영화를 보려고 한다. 그 순간이 너무 기다려진다.

일상 근육의 힘

"웃차! 몸 좀 움직여야지!"

점심시간 뒤 몰려오는 졸음을 쫓으려 기지개를 켠다. 우리는 몸을 참 안 움직인다. 이러니 '힘 키워봐야 쓸 곳도 별반 없다'고 여기기 쉽다. 흔히 기자들은 잠자는 시간 빼고는 취재 현장을 누빌 것으로 생각하는데, 실상은 그렇지 않다. 물론 취재 현장에 자주 나가지만, 그때를 제외하고는 계속 책상 앞에 앉아 있다.

    나는 정말 많은 체험기 형식의 기사를 써서 '체험 전문 기자'라는 별명이 있지만 나조차도 현장에 갈 때 빼고는 전화기나 노트북을 두고 씨름할 때가 훨씬 많다. 보통의 직장인과 다름없이 일하는 시간 내내 앉아 있는 경우가 허다하다. 일을 제외한 일상을 꾸려나갈 때도 집에 오면 드러눕기 일쑤여서 평소에 몸 쓰고 힘 쓸 일이 별로 없다고 생각했었다. 그나마 운동으로 해소한다고만 생각했다.

그러나 내 삶은 힘을 쓰지 않고는 유지할 수 없는 것이었다. 항상 힘을 쓰고 있다. 집 안을 깨끗하게 유지하고, 음식을 차려 먹는 모든 활동을 두고 '힘들다'고는 생각했는데 '힘을 쓴다'고는 생각하지 못했다.

힘을 쓴다는 것은 근육을 사용한다는 뜻이기도 하다. 숨 쉬듯 하는 활동들을 잘 돌아보면 나는 그리고 당신은 아주 많은 힘을 쓰고 많은 근육을 사용하고 있다. 그런데 미처 의식하지 못한 사이 습관이 잘못되었거나 한순간 잘못 사용하면 무리가 온다.

우리에게는 정말 많은, 적어도 지금보다는 많은 근육과 근력이 필요하고 잘 쓰기 위한 단련 또한 필요하다. 힘을 쓰는지도 모르고 무작정 쓰다 보면 치료를 위해 돈을 쓰게 된다.

'일상을 유지하는 활동'들을 살펴보면 근육과 근력을 기를 이유가 분명해진다. 내 몸이 쉼 없이 하는 많은 일을 하나하나 떼어놓고 보면 더욱 그렇다. "아, 나 오늘 아무것도 안 했어"라며 누워서 자책하고 있다면 다시 생각해보자. 오래 누워 있다 보면 허리가 아파서 몸을 일으켜 세우며 비로소 느끼게 된다. 누워 있는 데도 힘이 든다는 걸. 반대로 허리가 아프면 비로소 느끼게 된다. 제대로 누워 있기도 힘들다는 걸. 이게 다 근육이 하는 일들이다.

일상의 근육 쓰기를 좀 더 들여다보자.

- 아침에 일어날 때와 세수하려고 허리를 구부릴 때: 허리, 엉덩이, 허벅지 근육의 힘을 쓴다.
- 음식을 만들어 먹을 때와 설거지할 때: 팔 위 쪽의 두갈래근, 어깨세모근의 힘을 쓴다.
- 지하철에서 내려 지상으로 올라가기 위해 계단을 딛을 때: 종아리, 허벅지, 엉덩이 근육과 함께 배 근육의 힘을 쓴다.
- 의자에 앉아 전화 통화를 하거나 노트북을 사용할 때: 허리를 받치는 척주세움근과 손목, 손가락 근육의 힘을 쓴다.

의식하지 않고 움직이는 사이 일상생활에서 내 근육은 쉼 없이 일하고 있었다. 그래서 근육과 근력이 필요하다.

퇴근하고 나면 거의 누워서만 살던 송 아무개 씨의 간증을 전한다. 같은 체육관에 2년째 다니는 송 씨는 '근력운동교' 신자라고 봐도 무방하다. 내가 운전을 해서 어딘가로 향하던 차 안이었다. 뒷좌석에 앉아 있던 송 씨가 아직 근육 운동을 해보지 않은 또 다른 친구를 전도하고 있었다.

"저도 편하게 누워 있을 시간에 힘들게 뭐 하러 운동을 하느냐고 생각하는 사람이었거든요(그가 운동하는 모습을 본 사람이라면 이 말을 믿기 힘들 것이다). 그런데 하루는 제가 정말 죽을 거 같더라고요. 그래서 운동을 시작했는데, 6개월 동안은 운동하고 나서 근육통 오고 힘들어서 이걸 계속 해야 하나 고민했어요. 그런데요, 제가 여행을 가서도 누워만 있던 사람인데, 어느 날 여행하다 보니까 2만 보를 걷고 멀쩡한 거예요. 딴 게 아니라 그것 때문에 계속 운동해요. 잘 먹고, 잘 놀고, 또 잘 누워 있으려고요. 힘없을 때는 누워서도 온몸이 결리곤 했거든요. 제가 운동하면서 후회하는 딱 한 가지는 이거예요. 3년 전에 근력 운동이 좋다는 걸 알게 됐는데, 왜 그때 바로 운동을 시작하지 않았을까 하는 거요."

나나 송 씨의 경험대로 '일상 근육'을 키워 '제대로' 힘을 쓰기 위해 우리에게는 운동이 필요하다. 제대로 힘을 쓰지 않고 되는 대로만 몸을 움직일 때면 일어나는 나쁜 일들을 우리는 익히 알고 있다. 디스크, 좌우 몸 불균형, 일자목, 거북목증후군······. 꼭 내가 아니더라도 한 책상 건너 동료의 입원이나 치료 소식을 듣는 일이 다반사다. 근육을 키우지 않는다면 그게 당신의 미래가 될 수 있다.

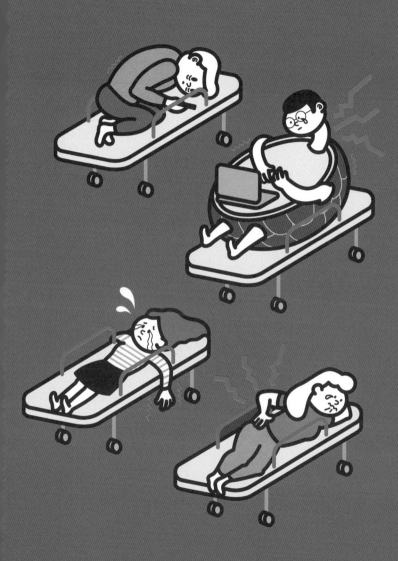

나는 오래오래 재미있게 살고 싶다. 하루 바짝 놀면 며칠은 힘든 나이가 되면서 일상을 건강하게 유지하지 않고서는 노는 것도 힘들다는 걸 안다. 일상 근육의 힘이 나를 보다 재미있는 삶으로 데려가 주리라는 걸 이제는 안다.

"제가 여행을 가서도
누워만 있던 사람인데,
어느 날 여행하다 보니까
2만 보를 걷고 멀쩡한 거예요.
딴 게 아니라 그것 때문에
계속 운동해요.

잘 먹고, 잘 놀고,
또 잘 누워 있으려고요."

숫자여 안녕 1 ― 뼈아픈 몸무게의 추억

천성이 문과 체질이기도 하고, 숫자와 영 거리가 멀거나 숫자에 휘둘리는 삶을 살아왔다(그래서 차 번호를 까먹어서 무료 주차 정산기 앞에서 사진첩을 뒤진 적이 몇 번이나 되던가). 그러나 이 숫자만큼은 잊을 수가 없다. 바로 몸무게 말이다.

내가 기억하는 첫 몸무게는 중학교 1학년 때. 초등학교 때 학예회에 나가려고 1년에 네 달 정도 무용을 했다. 발레, 현대무용, 한국무용 가리지 않고 했다. 나의 꿈은 어느새 무용가가 되어 있었다. 그러나 중학교에 입학하자 부모님은 무용을 반대했다. 무용을 전공하려면 돈이 한두 푼 들어가는 게 아니라는 걸 잘 알던 나는 꿈을 접었다. 그러다 도저히 참을 수 없게 되었다. 입학한 중학교에 무용부가 있었기 때문이다. 부모님과 거래를 했다. 무용을 하는 대신 공부를 게을리하지 않기로. 부모님은 전교 ○○등을 유지하는 걸 제안했고, 나는 받아들였다. 신이 나서 무용학원에 갔다. 그리고 난생 처음 그 말을 들었다. 내 인생 내내 쫓아다니던 그 말을.

"몸무게가 많이 나가네? 일단 좀 빼야겠다."

땅땅땅! 상담을 마친 뒤 무용학원 원장님은 판결을 내렸다. 당시 몸무게는 52킬로그램이었다. 키는 157센티미터였는데, 원장님은 45킬로그램까지는 빼야 한다고 명령했다(권유가 아니었다). 그 뒤로 나는 저녁이면 플레인 요구르트 하나와 사과 두 조각으로 식사를 마쳤다.

무용 연습 때문에 체력 소모는 심해지는데 먹는 건 줄이다 보니 기운이 없는 때가 잦았다. 무용학원을 두 달쯤 다닌 뒤 집에 가는 버스에서 마음먹었다. '그만둘래.'

무용 전공에 들여야 하는 돈, 무용계에서 살아남기 위해 선배들에게 굽신거려야 하는 문화 등등 그만둘 이유가 너무 많았다. 말도 안 되는 몸무게 조절도 10퍼센트 정도 작용했다.

몸무게라는 숫자는 그 뒤로도 내 일생을 쫓아다녔다. 무용을 그만두자마자 몸무게는 마구 늘어났다. 매점까지 달리기는 누구보다도 빨랐다. 성장기 청소년의 지극히 평범한 일상이었다. 몸무게가 늘어나는 건 당연한데 그건 또 싫었다. 나 자신이 끝없이 싫어졌다.

"아, 살 빼야 하는데."

"네가 뺄 살이 어디 있다고 그래!"

"여기 배, 그리고 이 팔뚝. 이게 다 살이 아니고 뭐냐!"

여중과 여고를 거치며 이런 대화를 하지 않은 때는 단 한 해도 없었다. 특히 여고를 다니던 시절에는 공부하려면 포도당을 주입해야 머리가 팽팽 잘 돌아간다는 이유로 틈만 나면 먹었다. 내가 다니던 여고에는 다른 매점에서는 볼 수 없는 특이한 메뉴를 팔았다. 지금 생각해도 침이 꼴깍 넘어가는 메뉴. 무려 팥죽을 팔았다. 충분히 다디단 팥죽에다가 흰 설탕을 두 숟갈 더 넣어 녹여 먹었다. 팥죽인지 팥설탕죽인지 모를 그 음식을 틈만 나면 먹었다.

공부를 위해 섭취해야 할 게 포도당뿐이었겠는가! 졸음을 쫓을 카페인도 한없이 주입했다. 학교 자판기 앞에는 늘 줄이 길었다. 밀크커피인지 밀크설탕커피인지 모를 그 커피를 하루에 적어도 한 사발 분량을 들이켰다 (졸음 쫓는 데는 별 효과가 없었던 것으로 드러났지만).

하루 세끼와 설탕이 잔뜩 들어간 간식과 커피를 마셔대고, 거의 하루 종일 앉아 수업을 듣거나 졸았을 뿐이니 별 재간이 없었다. 피둥피둥 살이 올랐다. 무용과 달리기를 해서 그나마 탄탄하던 몸은 흐물흐물해졌다. 신체검사를 하기 전날, 딱 그 하루만 먹는 둥 마는 둥 했다. 조금이라도 몸무게가 적게 나갔으면 싶어서 물도 적게 마셨다. 아무 소용없었다.

거침없이 느는 몸무게를 푸념하면 "대학 가면 다 빠져"라는 어른들의 핀잔을 들었다. 그 말을 딱히 믿지는 않았지만, 그래도 유일한 희망이었다. 그래, 대학에 가면, 대학에 가면! 그런데 대학에 가니 술과 안주까지 늘어났다. 젖살이 빠진다더니(엄밀히 말하면 고등학교 때까지 젖살이 남아 있을 리 없지만) 술살이 붙었다. 사회생활을 하다 보면 인생이 고달파 살이 빠진다고들 했다. 그런데 언론사에 입사했더니 술살에 술술살이 더 붙었다. 술을 너무 많이 마셔서 찌는 술술살.

이 세상에 이런 식으로 자꾸 존재감을 더해가는 게 싫었다. "덜렁거리는 지방 어쩔 거예요"라는 헬스클럽 광고 플래카드가 지하철역 근처에 나부낀다. 세상은 몸무게가 많이 나가는 사람을 자꾸 내쳤다. 자기 관리 못하는 사람이라고 비난하고 한심스러워했다. 사회의 시선은 자꾸 내 몸 곳곳의 군살에 머물렀다. 똥배와 팔뚝 살이 있으면 비키니 수영복을 입는 게 죄였다. 몸매 평가에 신난 세상에 휘둘려 끝없이 살을 빼고 싶어했고, 노력했다. 안 해본 게 없을 정도다. 식이요법도 해보고, 식욕을 줄여준다는 약도 먹어봤다. 그러나 절망적인 결말. 몸무게는 정말 쉽게 변하지 않았다.

그새 세상이 변하는 듯도 싶었다. 광고가 넘실댔다. '너 자신을 사랑해!' '있는 그대로의 널 인정해!' 그런데 그런 슬로건을 외치는 건 다 날씬한 사람들이다!

변할 수 있는 건 나뿐이었다. 근력 운동을 시작하고 반년 동안은 몸무게가 줄지 않을까 하는 기대를 했다. 이제는 아니다. 그런 기대는 없다. 대신 다른 기대를 한다. 목표가 달라지니, 내 몸을 바라보는 관점이 달라졌다.

날씬하고 탄탄한 몸은 바라지 않는다. 대신 강한 몸을 갖고 싶다. 발바닥부터 머리끝까지 튼튼한 사람이고 싶다. 내 오랜 몸무게 혐오는 이렇게 옅어지는 중이다. 솔직하자. 나는 여전히 내 몸무게가 싫다. 하지만 어쩔 줄 몰라 하며 부끄러워하지 않는다. 신체검사를 하러 가서도 조금이라도 적게 나오려고 숨을 참지 않고(효과는 모르겠다) 마음 푹 놓고 잰다. 조금의 거리낌도 없이 몸무게와 영영 안녕할 날을 기다린다.

이제 숫자와 싸우지 않는다

'3대 500'이라는 말이 있다. 스쾃, 벤치프레스, 데드리프트의 3대 근력 운동으로 들 수 있는 바벨 무게의 합이 500킬로그램이라는 뜻이다. 웨이트 트레이닝 때 많이 입는 스포츠 의류 브랜드가 있는데, 3대 500 이상이 아니면 입지 말라는 풍문에서 나온 말이다. 그리고 또 하나의 숫자 '체지방율 10퍼센트'. 체지방율이 10퍼센트면 피부와 근육 사이에 체지방이 거의 없다시피 한 몸이다. 보디빌딩 대회에 참가하는 사람들은 대회 직전 체지방율을 10퍼센트 미만까지 줄인다.

3대 500, 10퍼센트. 적당히 건강을 유지하며 살고자

하는 일반인이라면 정말 쓸데없는 숫자라고 할 수 있다. 그런데 운동을 시작하고 보니 운동의 성취를 평가하는 가장 보편적인 기준이기에 나도 어느새 의식하고 있었다. 아니, 그전에도 몸무게나 신체 사이즈에 쓸데없이 휘둘려 산 것을 한탄했는데 나도 모르게 자꾸 숫자와 싸우고 있었던 것이다.

근력 운동을 시작하면서 곧장 '나도 몇 킬로그램까지 들 수 있다'라는 기록을 갖고 싶었다. 체지방도 거뜬하게 1~2킬로그램은 줄지 않을까 기대했다. 바벨을 들어 올리는 '데드리프트'를 처음 시작했을 때 솔직히 만만하게 생각했다. 몇 킬로그램으로 훈련을 시작했는지는 기억나지 않지만 일단 너무도 간단해 보였다. 팔을 완전히 편 채로 바벨을 잡고 무릎과 허리를 굽힌 자세에서, 무릎과 허리를 펴 바벨을 바닥에서 들어 올리기만 하면 되었다.

실은 하계올림픽에서 가장 지루하다고 느낀 종목도 역도였다. 선수들이 용을 쓰다 쓰다 머리 위로 바벨을 번쩍 들어 올리는 것, 그뿐이었다. 장미란 선수가 2008 베이징올림픽 때 메달권에 들어서면서 온 국민이 숨죽여 그의 경기를 봤지만, 딱히 관심이 가지는 않았다. 그가 금메달을 거머쥐었을 때도 충분히 예상할 수 있었던 결과라 '왜 이렇게 호들갑이야?'라고 생각했다.

어떤 사안에 대해 잘 알지도 못하면서 선입견을 갖는 사람들이 있다. 그런 사람들을 싫어했다. 하지만 이제 반성한다. 그게 바로 나다. 본격적인 역도는 아니지만, 데드리프트 훈련을 해오며 느낄 수 있었다. 이 운동이 얼마나 복합적인 신체 능력과, 압박감에 굴하지 않는 정신력을 필요로 하는지. 역도 선수들이 '용쓰는' 것일 뿐이라고 여겼던 순간은 선수들이 몸과 마음의 에너지를 다 쏟아부어 도전에 직면해 돌파하는 순간이었다는 걸 깨달았다.

더불어 힘을 기르는 훈련을 한다면서 체지방율을 줄이려 발버둥 치는 게 앞뒤가 안 맞는다는 걸 몸으로 익혔다. 몸매 관리용 퍼스널 트레이닝에서는 너무 당연하게 여겨 의심조차 하지 않았던 말이 전혀 당연하지 않다는 걸 알았다. 딱 기초대사량 만큼의 칼로리를 포함한 식단을 들이밀며 "이렇게 하면 근육은 유지하면서 몸무게는 빠집니다"라고 말하던 트레이너의 짐짓 진지한 표정이 뇌리를 스쳐갔다. 체지방율 10퍼센트도 아닌 '10퍼센트 대'가 목표였지만, 그마저도 지웠다.

데드리프트를 시작하고 7개월 정도 지났을 때, 97.5킬로그램을 들어 올렸다. 세 자리 숫자에 가까워진 것이다. 80킬로그램 후반대 데드리프트 훈련에 돌입하면서 마음에 부담이 갔다. 만만치 않은 무게였고, '해낼 수 있을까' 하는 생각이 맴돌았다. 그렇게 두 달 가까이 매주 2.5킬로그램씩 증량해 세 자리 숫자가 코앞으로 다가온 날이었다.

'내가 도전하는 대상은 절대 숫자가 아니다.
아니어야 한다.'

스스로 다짐했다. 도저히 숫자만으로 나의 이 노력과 움직임을 평가할 수 없었다. 실패 그리고 그 극복 과정 역시 성취였으니까. 나에게 이제 도전은 '해낼 수 있다고 생각하는 내가, 해낼 수 없다고 생각하는 나와 싸우는 과정'이다. 도전을 해내는 나를 뇌리에 그리며 차근차근 전

진하면 된다. 돌이킬 수 없는 '운동 덕후'가 됐다고 느끼는 순간이다. 항상 줄이려고 노력했던 몸무게, 항상 늘리려고 노력했던 케틀벨과 바벨의 무게는 더는 중요하지 않았다.

이제 숫자와 싸우지 않는다.

더 강해질 수 있는데도 포기하려는 나와 싸운다.

이렇게라면 '운동 덕질'은 평생 할 수 있을 것 같다.

허벅지 사이를 노려보던 날들

고백하자면, 근육을 사랑해마지 않는 날들로 가는 과정에서 마지막까지 내적 갈등을 겪게 한 부위가 있었으니, 바로 허벅지다. 아니 정확하게는 허벅지 사이.

튼실한 허벅지는 나의 지탄을 가장 많이 받는 부위였다. 앞, 옆, 뒤 할 것 없이 근육이 발달했고, 안쪽은 지방층이 두껍게 자리 잡았다. 지방을 빼면 허벅지 사이에 공간이 좀 생기지 않을까? 짧은 치마나 반바지를 입을 때좀 더 맵시 있지 않을까? 거울 앞에서 허벅지 뒤쪽을 당겨 억지로 어떻게든 허벅지 사이에 공간을 만들어본 시절도 있었지…….

어릴 때부터 허벅지 근육 발달에 지대한 영향을 끼친 운동을 쉼 없이 했던 내가 원망스러웠다. 훗날 다시 그 시절의 명예가 회복되긴 했지만. 여기서 잠깐, 나의 타고난 허벅지 근육을 키워준 어린 시절을 돌아보면 다음과 같다. 근육 꿈나무에게 추천해주어도 좋겠다.

♪ 걷기와 자전거 타기. 일고여덟 살 적 시골에서 유치원과 초등학교를 다녔는데, 집에서 그곳까지의 거리는 2킬로미터였다. 왕복 4킬로미터. 마을 앞을 지나는 차를 얻어 타고 갈 때가 가끔 있었을 뿐, 방학 때를 빼면 거의 날마다 걷거나 자전거를 타고 10리 길을 다녔다.

♪ 앞서 언급한 무용. 일곱 살부터 열한 살까지 1년에 네 달 정도는 무용을 연습했다. 도시가 아니어서 학원은 없었고, 학교에서 학예회에 나갈 무용 팀을 꾸리면 거기에 들어가 훈련했다. 현대무용, 한국무용, 발레 가리지 않고 했다.

♪ 단거리 달리기. 초등학교 3학년 때 새로운 체육 선생님이 부임해 오셨다. 대회 수상에 열을 올리는 부류였다. 왕복 10리

걷기와 자전거 타기, 무용으로 다져진 하체 근육은 단거리 달리기에도 적합해서 선수로 발탁됐다.

그러다 중학생이 되면서 튼실한 허벅지가 싫어지고 말았다. 게다가 책상에 앉아만 있는 시간이 길어지니 지방이 순식간에 붙었다. '허벅지를 불태우는 운동'을 검색해 주르륵 뜨는 동영상을 모두 클릭해 보던 시절. 보면서 운동을 해야 하는데, 동영상 속 인물의 허벅지만 바라보며 자괴감에 빠지던 시절.

"허벅지 안쪽이 뜨거워지는 거 느껴지시나요?
잘 타고 있는 겁니다!"

영상 속 부담스럽게 활기찬 사람이 힘차게 외친다. 해보니 허벅지 살이 타 없어지는 건 못 느끼겠고, 애가 탈 뿐이었다.

거울 앞에 서서 허벅지를 굳이 눈으로 확인하며 속상해하는 나에게 어느 날 친구가 메신저로 기사를 하나

보내줬다. 제목은 다음과 같았다.

"허벅지가 굵을수록 오래 산다."

웃으라는 건지, 울라는 건지……. 허벅지 사이를 한
번 노려보고 기사를 읽었다.

"허벅지의 굵기는 건강뿐 아니라 장수와도 직결된다
는 연구 결과가 나왔다. 덴마크 코펜하겐대 베리트
하이트만 교수 팀은 허벅지 둘레가 60센티미터 미만
으로 가는 사람은 그렇지 않은 사람보다 심장병에 걸
리거나 사망할 위험이 두 배 높다는 연구 결과를《영
국 의학 저널》British Medical Journal에 발표했다. 인체
근육의 약 70퍼센트는 하체에 있으며 (…) 근력 강화
운동을 하지 않는다면, 근육량은 10년마다 약 5퍼센
트씩 줄어든다. (…) 이 때문에 나이가 들수록 하체
운동에 더 신경을 써야 한다."
— 《매일신문》(2010)

당장 줄자로 허벅지 둘레를 재보았다. 허벅지 굵기를 줄이고 싶었지만 '너무 굵다'는 진실을 마주하고 싶지 않아 한 번도 재보지는 않았다. 내 허벅지 굵기는 58센티미터. 덴마크 사람이 아니라 동양 여성이니 이 정도면 충분한 거 아닌가? 잊고 있던 휴면계좌에 돈이 있는 걸 확인했을 때의 기분이 이런 기분일까.

그제야 허벅지 노려보기를 그만두었다. 앞으로 닥칠 생체 노화의 과정이 지난할 것이나 차곡차곡 키워온 허벅지 근육 덕에 좀 더 활기찬 인생 후반기가 되리라고 생각하면 안도감이 든다. 말벅지? 꿀벅지? 나에게는 금벅지가 있다. 아니 금보다 귀한 허벅지 근육이 있다!

습관적 운동러가 되다

내 모든 변화는 운동을 하면서 시작됐다, 라고 하기에는 뭔가 부족하다. 내 모든 변화는 '규칙적'으로 운동하면서 시작됐다. 규칙적이라는 말은 결코 빡빡한 일정을 의미하는 게 아니다. 지난 3년간 나의 운동 규칙은 다음과 같다.

♪   일주일에 평일 2회. 1시간~1시간 30분씩 몸 풀기와
    정리 운동을 포함한 근력 운동. 끝.

정말 별거 없는 규칙이다. 이 규칙은 성인이 된 뒤 처음으로 가져본 운동 습관의 바탕이 됐다. 나로 말할 것 같

으면 운동에 있어서만큼은 습관이나 규칙과는 거리가 아주 먼 사람이었다. 어린이와 청소년 시기에 쌓은 체력을 믿었고, 그 체력이 바닥날 때쯤 시작한 운동들은 하나같이 매력적이지 않았다. 때마다 유행하던 운동 중 건드리지 않은 게 없을 정도로 운동 호기심은 많았으나 끈기가 없었던 '탓'도 있다.

탓, 이게 문제다. 늘 내 탓을 했다. 체력도 떨어져가는데 끈기도 없는 자신을 탓했다. 바꿔 생각하자. 체력이 떨어지니까 끈기가 사라지는 거다. 운동을 지속할 바탕, 힘이 없으니 계속할 여력이 없을 수밖에. 체력 관리를 제대로 안 한 게 또 '내 탓'이라고는 여기지 말자. 우리 삶이 어디 체력 관리씩이나 하라고 내버려두는가? 세계 2위의 노동 시간, 딱 하나만 놓고 봐도 그렇다.

운동 습관을 만드는 건 그래서 쉽지 않았다. 유혹도 많았다. 운동을 못 가는 이유를 대자면 핑계가 없을 때는 없다. 이런 내가 일주일에 두 번 운동을 꼭 하고야 마는 사람이 되고 말았다. 운동을 안 하면 좀이 쑤신다는 말은 못하겠다. 운동을 안 하면 몸은 정말 편하다. 그럼에도 말

그대로 '습관'이 됐기 때문에 운동을 안 가면 허전하다. 못 갈 이유가 아예 떠오르지 않는다. 평일 저녁에 시간이 나기만 하면 그냥 간다. 땀을 빼러 간다? 내가 들 수 있는 무게를 확인하러 간다? 그런 생각조차 하지 않는다.

생애 첫 운동 습관이 몸에 익기까지 그 과정을 들여다보면서 생각한 '운동 습관을 만드는 세 가지 조건'이 있다.

- 자신에게 맞는 운동과 운동 공간
- 구체적으로 확인할 수 있는 작은 성취들
- 신뢰할 수 있는 지도자

드디어 세 가지 조건을 충족하는 운동을 찾았고 3년 넘게 유지하고 있다. '빠른 퇴근이 보장된 일자리, 집에서 가까운 운동 공간, 운동과 식단을 밀착 관리하는 지도자'는 적어도 나에게는 크게 중요하지 않다.

다시 한 번 강조하지만 '나는 이렇게 간단한 운동 습관조차 못 만드는 사람인가'라는 자책은 금물이다. 시간과 돈을 확보하고 무엇보다 운동을 하겠다고 마음먹기란 아주 어렵다는 걸 잘 안다. 마음은 쉽게 흘러가지만 또 다시 차오를 때가 있다. 나무라지 말자, 언젠가는 습관적 운동러가 될 수 있는 나를 기다려주자.

체력도 떨어져가는데
끈기도 없는 자신을 탓했다.
바꿔 생각하자. 체력이 떨어지니까
끈기가 사라지는 거다.

신문에 '몸'면을 만들겠다고?

"몸면?"

내가 신문에 '몸'이라는 새로운 코너를 만들어 기사를 쓰기 시작했을 때, 백이면 백 꼭 같은 반응으로 되물었다. 지금은 《한겨레》의 젠더데스크를 맡고 있지만 그전부터 오래 일해온 라이프스타일 섹션 ESC에는 다양한 지면 꼭지가 있다. 새로운 취미 등을 소개하는 '라이프', 주목할 만한 패션 트렌드를 싣는 '스타일', 주거에 관한 이야기를 푸는 '집', 음식의 세계를 전하는 '푸드', 세계와 전국 곳곳을 소개하는 '여행'. 기자들이 각 한 꼭지를 담당하는 방식이다. 나는 주로 라이프나 스타일을 담당했고, 하던 대로 하면 어렵지 않게 할 수 있는 일이었다.

그런데 일을 벌이고야 말았다. 운동과 근육, 근력에 관한 나의 관심을 풀어낼 만한 지면에 욕심이 났다. 다른 매체의 '건강' '헬스'에 해당하는 지면과는 조금 달랐다. 건강이나 헬스를 다루는 면은 '어떤 식재료가 어디에 좋다'거나, '당신이 어떤 질병을 갖고 있다면 이 병원(의사)을 찾아가세요' '놀랄 만한 효능과 효과를 지닌 약!' 등의 기사가 주를 이뤘다. 더불어 빼놓지 않고 다루는 주제는 '다이어트'였다. 운동이나 건강을 주제로 하는 잡지에서는 다이어트 관련 기사가 빠짐없이 등장한다. 지긋지긋한 '○킬로그램 감량 비법'이라는 표현, 넘쳐나는 부정확하고 건강하지 못한 정보들. 참을 수 없는 지경에 다다랐다(고백하자면, 나도 2011년 ESC에 다이어트에 좋다는 해독주스 기사를 쓴 바 있다).

욕심이 났다. 다이어트나 몸매 관리를 다루지 않는, 건강한 움직임에 관한 정보를 다루는 꼭지를 만들고 싶어! 이 아이디어를 ESC 팀장에게 상의했더니 단번에 오케이 사인이 떨어졌다. 팀장은 내가 얼마나 근육과 운동에 관심이 높은지, 근력의 중요성을 강조하는지 1년 넘게 지켜본 사람이었기에 부드럽게 새로운 꼭지를 꾸려나갈 수 있었다.

'Body' '몸과 마음' '헬스' '건강'…… 새로운 꼭지의 이름을 정할 때 나온 후보군이다. 어느 것 하나 마음에 쏙 들지 않았다. '보디'는 사람들이 '몸매 관리'를 다루는 지면이라 오독할까 걱정스러웠다. 몸뿐만 아니라 마음 건강도 다룰 심산이었기에 '몸과 마음'이 가장 어울린다고 생각했지만, 지면 간판으로는 하나의 단어만 쓰는 게 암묵적인 룰이어서 채택하지 못했다.

"쏟아낸 아이디어를 구체화할 때는 더하기보다
빼라!"

내가 글쓰기 강의를 하면서 수강생들에게 했던 이야기가 떠올랐다. 그래! 간단하게 몸! 몸면은 이렇게 탄생했다.

온갖 움직임과 운동에 관한 새로운 소식을 수집하려고 레이더를 높이 올렸다. '스키점프대 거꾸로 올라가기 대회' '인디언 클럽 운동' '오피스 트레이닝' 등의 기사를 1년 동안 신나게 써 내려갔다. 몸면 기사에 호응도 많았지만, 잊기 어려운 비아냥거림도 들어야 했다. 다른 사람도 아닌, 다른 매체의 기자에게서.

"몸면? 푸하하. 이름이 왜 그래? 인터넷에 많이 뜨는 아이돌이나 연예인, 그런 사람들 몸매 기사 같다야. 푸하하."

아무 대꾸도 하지 않았다. '몸=몸매'라는 수준의 인식을 가진 사람. 그런 사람들에게 괜한 분노의 에너지를 쏟고 싶지 않았다. 차분하게 그 자리를 마무리했지만, 솔직히 아직도 가끔은 그날의 "푸하하"가 떠오른다.

몸이라는 단어를 인식하는 수준이 그 사회의 수준이 아닐까? 몸=몸매가 아닌 시대는 아직 오지 않았다. 그러나 분명히 변하고 있다. 몸의 움직임에 집중하고, 강한 사람이 되고 싶어서 케틀벨을 번쩍번쩍 들어 올리는 여자들이 있다. 한때의 유행이 결코 아니다. 몸과 몸매가 동의어가 아니라는 사실은 이제 거스를 수 없는 흐름이다. 몸면 기자의 레이더에 잡힌 운동 현장들이 그 증거다.

과거에는 '다이어트의 나라'에 사는 여성을 위한 기삿거리를 찾느라 곳곳을 헤맸다. 이제는 '몸평, 얼평'하지 않는 안전하고 건강한 여성 운동판이 하루가 다르게 늘어간다. 근력 운동뿐 아니라 수영, 달리기, 스윙댄스, 배구, 크로스핏, 주짓수 등 종목도 한두 가지가 아니다. 이제는 그런 장소만 찾아다닌다. 새로운 소식을 전할 때면 짜릿하다. 하지만 강한 몸을 가꾸며 운동하는 여성들의 판이 전혀 새로운 게 아니어서 짜릿함을 느끼지 못하는 날이 어서 왔으면 좋겠다. 그날이야말로 가장 짜릿한 날이 될 테다.

몸이라는 단어를 인식하는 수준이

그 사회의 수준이 아닐까?

근육 고양이의 탄생

하모를 소개하자면, 나의 친구이자 가족이자 반려묘이다. 반려묘라는 말은 어딘가 부족하다. 내 일상에서 가장 평화로운 때를 꼽자면, 침대 위에서 졸린 하모와 함께 누워 뒹굴거릴 때다. 졸린 하모의 뱃살을 슬금슬금 조몰락거리면, 하모가 귀찮아서 뒷발로 손을 팡팡 찬다. 그러고 나서 등을 보이며 돌아누워 잔다. 고양이와 함께 사는 집사들이라면 이 나른한 행복감에 중독되었을 것이 분명하다.

　하모는 인간에게 호의적인 편이어서, 친구들이 집에 올 때면 얼굴만 빼꼼 내밀다가도 어느새 놀아달라고 치

댄다. 발치에 와서 몸을 부비는 하모와 교감하던 한 친구
가 말했다.

  "와, 고양이랑 집사는 닮는다더니. 하모도 근육질
  고양이인데?"

  그전까지는 전혀 몰랐다. 하모의 몰랑한 뱃살과 발
바닥에 코를 킁킁거리며 치대는 집사지만, 근육질 고양
이라니? 하모가?

  "저 어깨 근육 봐라!"

  책장을 짚고 선 하모의 어깨 근육에 친구는 감탄했
다. 그제야 하모의 근육들이 눈에 들어왔다. 흠흠. 잠깐
팔불출 타임이다. 하모는 어깨 근육뿐만 아니라 뒷다리
의 허벅지 근육도 아주 탄탄한 편이다. 어깨 근육에서 이
어지는 등 근육도 불끈하다. 아, 또 이렇게 하모에게 반할
구석이 늘어가나!

같은 어미에게서 태어난 하모의 다른 형제 고양이들 가운데 한 마리는 먹성이 좋아 덩치가 큰 게 매력이다. 하지만 도통 근육이 도드라지지는 않는다. 나는 단순히 덩치가 큰 것만 유전일거라고 생각하고 하모의 근육에는 별로 관심이 없었는데, 다시 보니 하모는 근육냥이었다!

고양이도 마찬가지다. 아무래도 규칙적인 운동(이라고 쓰고 사냥놀이라 읽는다)을 열심히 한 덕이 아닐까 추측한다. 아침 6시 반~7시 즈음이면 어김없이 나를 깨워 운동하자고(놀자고) 한다. 퇴근해 집에 들어가서 바로 운동(놀이)에 돌입하지 않으면 불호령을 내린다. 잠자기 전 운동도 절대 빼놓지 않는 하모다. 하모의 운동(놀이)은 이불 아래에 숨은 '미지의 동물 잡기'다.

미지의 동물 사냥을 마치고 나면 '냥시안 트위스트'(엉덩이만 댄 채 몸통을 비트는 맨몸 근력 운동인 러시안 트위스트의 고양이 버전)을 10초씩 3세트는 해야 한다. 이렇게 15분 정도씩 놀아주다 보면 땀이 살짝 날 정도다. 집사는 열과 성을 다해 낚싯대처럼 생긴 장난감을 미지의 동물로 만들어야 한다. 깨작깨작 흔들어서는 안 된다. 마치 상위 포식자에 잡힐 위기에 처한 동물처럼 생각하고 움직여야 한다.

나와 함께 산 지 4년째. 다행히 종합건강검진에서 건강하다는 결과가 나왔다. 수의사는 고양이도 1년에 한 번은 종합검진을 할 것을 권유한다. 인간은 근육이 많으면 장수한다는 연구 결과가 있고, 인간과 고양이의 유전자는 90퍼센트가 같다고 하니, 결과가 비슷하지 않으려나?

근육이 튼튼한 고양이가 장수한다는 정확한 연구 결과는 아직 없지만, 장수 고양이의 특징으로 비만하지 않은 몸과 충분한 활동량을 꼽으니 근육냥 하모의 무병장수를 기대해본다. 집고양이의 평균 수명은 열다섯 살. 너무 짧다.

앞으로 십수 년은 함께할 근육 고양이 하모의 운동을 위해서라도 내 근력과 체력은 소중하다. 잠깐 허리를 굽혀 장난감을 흔드는 데에도 허벅지와 몸통 근육이 제대로 쓰인다. 근력 운동을 하는 집사가 근육 고양이를 만들었는지, 근육 고양이가 집사를 근력 운동으로 이끌었는지 잠시 헷갈린다.

아무렴 어때, 나는 오늘도 온몸에 땀나도록 미지의 동물 연기에 몰입한다.

무료 체력 측정 프로그램, 국민체력 100

국가 체력인증센터,
놓치지 말고 활용하자

운동을 하려면 여러 가지가 필요하다. 돈과 시간을 가장 먼저 떠올리게 된다. 하지만 먼저 파악해야 할 것은 자신의 체력 수준이다. 체력 수준을 제대로 파악하지 않고 운동을 하다 부상을 입게 되면 더 많은 돈과 시간을 들이게 된다. 체력을 파악하고 운동 처방을 받으려면 왠지 고급스러운 의료시설이나 헬스클럽을 찾아야 할 것 같은 생각이 든다. 그런데 이 모든 걸 무료로 이용할 수 있는 곳이 있다.

국민체육진흥공단에서 운영하는 체력인증센터의 프로그램 '국민체력 100'을 이용하면 체력 측정과 함께 운동 처방이나 조언을 얻을 수 있다. 직접 송파 체력인증센터에서 조은영 운동처방사와 함께 체력을 측정해봤다.

측정 전에 간단한 문진과 기초 검사를 진행한다. 문진으로 현재 앓는 병이나 복용하는 약 등을 확인한다. 기초 검사는 신체 계측과 체성분 검사, 혈압 측정 등을 포함한다.

'체력'은 신체 활동을 수행할 수 있는 능력을 일컫는다. 그렇다면, 체력은 곧 근력일까? 아니다. 체력을 구성하는 것 중 하나가 근력이다. 국민체력 100은 건강 체력과 운동 체력을 모두 측정해 평가한다. 성인(만 19~64세)의 체력 측정 항목은 모두 6가지다.

🎵 건강 체력: 근력, 근지구력, 심폐지구력, 유연성
🎵 운동 체력: 민첩성, 순발력

생애주기별로 측정 항목과 평가 중요도는 달라진다. 만 65세 이상의 어르신은 의자에 앉았다 일어서서 가까이 있는 목적지를 돌아 걷는 8자 보행으로 협응력을 측정한다. 어르신은 넘어지는 사고에 취약하기 때문이다.

본격적인 체력 측정은 30분에 걸쳐 진행한다. 가장 먼저 근력(상대 근력) 측정을 위해 왼손과 오른손의 악력(꽉 쥐는 힘)을 측정한다. 그다음 근지구력을 평가하기 위해 1분간 윗몸일으키기를 실시한다. 유연성은 앉아서 윗몸 굽히기로, 순발력은 제자리 멀리뛰기로 측정한다. 모든 수치는 측정 기계가 도맡는다. 측정 기구에 센서가 달려 참가자의 움직임을 감지한다. 윗몸일으키기를 할 때도 센서가 정확하게 개수를 센다. 사람이 개수를 꼽으면 한두 개 정도 늘었을 법한데, 기계는 가차 없다.

민첩성은 10m를 4회 왕복해 달리는 데 걸리는 시간으로 평가한다. 국민체력 100을 직접 체험해보니, 가장 힘든 순간은 마지막에 진행한 심폐지구력을 측정할 때 왔다. 20m 달리기를 얼마나 오래 할 수 있는지 측정한다. 맨 처음 8회는 9초 안에, 그다음 8회는 8초 안에, 그다음 8회는 7초 안에 달려야 한다. 20번째 달리기를 시작할 때 느낌이 왔다. '더는 못 뛰겠다!' 측정을 마치자, 심장이 터질 듯 뛰고 땀이 비 내리듯 흘렀다.

나의 체력 등급은 2등급으로 나왔다. 국민체력 100은 성별과 연령별 각 검사 항목의 백분위 등을 참고해 인증 단계를 정한다. 2등급은 '활발한 신체 활동 참여에 필요한 체력 수준'으로 검사 기록이 모두 인증 기준 상위 50% 이내일 때 부여한다. 나는 근지구력과 심폐지구력, 순발력과 민첩성은 상위 30%에 속했으나, 근력과 유연성은 상위 50%를 겨우 넘었다.

그러나 가장 중요한 건 상위 몇 %인가가 아니다. 부족한 체력 요인을 확인하고, 끌어올리는 게 가장 중요하다. 국민체력 100 프로그램이 가장 의미 있는 지점이기도 하다. 조은영 운동처방사는 나의 체력평가서를 보면서 운동 처방과 안내를 해줬다. "전반적으로 체력이 좋은 편이다. 그런데 유연성 증진에 신경을 써야겠다. 이 부분이 나아지면 1등급도 될 수 있을 것 같다"라고 말했다. 평소 근력 운동을 주로 하기 때문에 나온 결과였다. 조 운동처방사는 "유연성을 기르기 위해 필라테스나 요가 등을 해보면 좋을 것으로 보인다"라고 추천했다. 그의 조언대로 나는 틈틈이 요가를 하고 있다.

혼자서 운동하기 어려운 사람들은 체력인증센터에서 직접 운영하는 '체력증진교실'을 가보자. 선착순으로 참가자 신청을 받지만, 체력이 떨어지거나 비만한 사람을 우선하여 선발한다. 8주간 매주 3회 운동을 하는데, 맨몸 운동과 아령이나 밴드를 활용한 운동 방법을 알려준다.

조은영 운동처방사는 "체력 측정은 3개월에 1회 하는 걸 권한다. 운동을 시작해 몸에 긍정적인 변화가 있기까지 3개월 정도의 시간이 걸리기 때문이다. 전혀 운동을 안 하던 사람도 간단한 근력 운동 지도를 받고 3개월 뒤에 재방문해 체력을 다시 측정해보면 어떤 변화가 일어나는지 객관적인 데이터로 확인할 수 있고, 이는 강력한 동기 부여가 되기도 한다"라고 말했다.

▶ 국민체력 100 프로그램을 진행하는 체력인증센터는 전국에 50여 곳이 있다. 이 서비스를 이용하고 싶다면 온라인, 전화, 방문 접수를 하면 된다. 공식 누리집(nfa.kspo.or.kr)에서 접수하면 측정 시간을 선택할 수 있어 대기 시간을 줄일 수 있다. 직접 체력인증센터를 방문할 수 없다면, 공식 누리집에서 온라인 운동 상담 코너라도 이용해보도록 하자.

2

나의 운동 방랑 정착기

이태원 춤꾼이 합정동 운동꾼이 되기까지

꾸준히 운동한 지 3년째. 내 나이 서른여덟이니 서른다섯, 딱 30대 중반부터 시작한 셈이다. 이제와 돌이켜보면 그전에 들었던 수많은 말들이 떠오른다.

"운동은 하루라도 빨리 시작해야 한다."
"30대에 시작하면 늦다. 20대를 놓치지 말아라."
"늦은 나이에 시작하면 운동 효과도 늦게 본다."

물론 맞는 말이다. 하지만 그렇다고 해서 내가 운동을 시작한 시기가 정말 너무 늦은 걸까? 운동하지 않고 보낸 시간을 나는 그저 허비한 것일까?

그렇지 않다. 합리화나 위안을 위한 말이 아니다. 운동을 하지 않은 시간 동안 다른 추억과 기억을 많이 쌓았다. 운동을 해야겠다고 마음먹은 계기도 쌓았다. 나로 말할 것 같으면, 신나게 춤을 췄다. 내가 행복하다고 느낀 첫 기억은 여덟 살에 얼렁뚱땅 발레리나가 되어 무대에 섰을 때였다. 그 행복감은 내 몸과 마음 어딘가에 각인이 됐는지, 춤을 춰야 비로소 행복했다. 좋아하는 음악이 나오고 춤을 출 수 있는 공간을 찾아 홍대 앞과 이태원을 열심히도 쏘다녔다. 술은 잘 못 마셔서 탄산음료를 마셔가며 땀나도록 춤을 췄다. 그 시간은 자유로움과 해방감으로 내 기억 속에 박혔다. 열심히 느끼고, 움직이고, 살았다.

그러나 쌓여 있다고 '믿었던' 춤 체력이 30대 중반에 들어서자 바닥을 보이기 시작했다. 10년 가까이 일과 삶의 균형을 좀처럼 찾기 어려운 기자로 살면서 예정된 수순이었다. 근력은 줄고, 무기력한 날들은 늘어갔다. 춤추러 갈 기력마저 떨어졌다. '인생을 재미있게!'를 신조로 삼아 살던 나는 주변의 여느 동료와 마찬가지로 "이제 뭘 해도 재미가 없네"라는 말을 입에 달고 살았다.

심각한 일이었다. 우리 세대는 백 살까지 살 가능성
이 높아만 가는데, 겨우 35년 살고 인생이 재미없어지는
건 아주 심각한 일이 아닌가! 심심한 채로 65년 살기. 아
니 될 말이다. 내 인생 최악의 시기를 지나며 이 생각은
더욱 확고해졌다. 힘든 시기는 언젠가 통과해내겠지만,
그 터널을 빠져나와 마주친 현실이 그저 최악'만' 면한 재
미없는 삶이라면? 나는 '재미있는 삶'을 회복하고 싶었
다. 매일 깔깔대고 웃으며 살고 싶다는 뜻은 아니다. 기꺼
이 몸을 움직이며 일상을 생기 있게 꾸려가고 싶었다. 그
사이에 간간히 터지는 크고 작은 웃음이면 됐다.

때로는 손가락 하나 움직일 힘도 없어지는 시기가
누구에게나 오게 마련이다. 누가 훔쳐가지도 않았는데
도둑맞은 것 같은 나의 에너지를 다시 채우고 싶어졌다.
체력 곳간을 가득 채우기에 적합한 운동을 전전하다 비
로소 만난 근력 운동으로 이태원 춤꾼은 그렇게 3년에 걸
쳐 합정동 운동꾼이 되어갔다.

체력을 다시 찾아가면서 신이 나서 친구들을 재촉했

다. "운동하자!" 친구와 동료들에게 이야기하면, 늘 멋쩍은 웃음이 돌아온다. "해… 야지, 그럼. 해야 하는데……." 나는 그 앞에서 한숨을 푹푹 쉬었다. "또 나중에 한다고? 하루라도 빨리 해야지!" 먼 산을 쳐다보는 동료의 고개를 돌려 앉히고 간단한 맨몸 근력 운동을 가르쳐주기도 했다. 운동을 지속한 사람은 한 명도 없었다. 참 속상했다. "진짜 좋은데. 나중에 큰일 나는데." 내가 수없이 듣던 말을 내가 하고 있었다.

계속해서 내가 건강한 삶을 살아가는 모습을 보여주면 누군가에게 확실한 동기 부여가 되겠거니 하며 한 발 물러설 수밖에 없었다. 그러다 실제로 효과가 나타났다. 내 권유를 귓등으로도 안 듣던 회사 동료들이 옥상에서 이야기를 나누다가 불현듯 물어왔다.

"왜 근력 운동을 하라는 거예요? 걷기는 안 됩니까?"

엄청나게 반가운 질문이었다.

"근력 운동을 하면 심혈관계도 튼튼해지고 골밀도도 높아져요. 뼈나 관절을 근육이 둘러싸고 있어서 근육이 튼튼하고 근력이 있어야 관절에 무리가 안 가죠. 걷기만 해도 좋은 사람이 있지만, 근육에 힘을 키우기 위해서는 근력 운동이 꼭 필요합니다."

아, 이 말을 드디어 써먹는구나! 생활스포츠지도사 2급 보디빌딩 자격증을 따면서 달달 외운 건데 일상생활에서는 한 번도 써먹지 못했던 '근력 운동의 필요성'을 드디어 입 밖에 꺼낸 순간이었다.

"듣고 보니 그러네요. 안 그래도 정연 씨 얘기 듣고 맨몸 근력 운동 조금씩 하고 있어요!"

알게 모르게 영향을 주고 있었다고 생각하니 뿌듯했다. 이런 일들을 겪으며 여전히 동료나 친구에게 근력 운동을 해보라며 넌지시 이야기할 때는 있지만, 예전처럼 은근히 협박조로 채근하는 건 그만뒀다.

모든 건 '사람 바이 사람'이다. 저마다 사정이 있다. 근력 운동을 접하고 건강한 사람이 되면서, 효과를 더 많은 사람에게 알리고 싶어 안달이 난 건 사실이지만, 건강하지 않은 채 지냈던 시기의 내 마음도 잊지 않고 있다.

무기력과 우울감, 불면증으로 하루하루를 견뎌내던 날들이 있었다. 운동 생각은커녕 최소한의 일과와 일상을 유지하는 것만으로도 힘들던 때의 내 마음을 잊지 못한다. 만약 그때 누군가가 "운동하면 우울함이 좀 덜어질 거예요!"라고 해맑게 권유했다면 속으로 "꺼져 줄래!"를 외쳤을 거다. 이해와 공감 없는 위로는 침묵보다 싫었다. 몸 상태에 따라서 위험한 운동이 있다는 것도 운동에 빠지면서 더 잘 알게 되었다.

저마다 때가 있다. 그리고 내가 늦깎이 운동러가 되고 보니 치명적인 장점이 있다. 간절하다. 이 좋은 운동을 뒤늦게 시작했으니 꾸준히라도 해보자 하는 마음이 저절로 인다. 프로 선수가 될 것도 아닌데 오래 열심히 하고 싶어서 온갖 부상을 예측하며 조심스레 도전한다.

'새 운동복은 사 놓고 꾸준히 안 해서 돈만 버리는 거 아닌가'라는 생각에 뒷걸음질하는 당신. 운동복이라도 산 게 어딘가! 뒷걸음질하는 당신을 넘어뜨리지 말길. 언젠가는 앞으로 걸어갈 당신에게 다정하게 손 내밀어주길 바란다.

'믿었던' 춤 체력이
30대 중반에 들어서자
바닥을 보이기 시작했다.

근력은 줄고, 무기력한 날들은
늘어갔다. 춤추러 갈 기력마저
떨어졌다. '인생을 재미있게!'를
신조로 삼아 살던 나는 주변의
여느 동료와 마찬가지로
"이제 뭘 해도 재미가 없네"라는
말을 입에 달고 살았다.

누가 훔쳐가지도 않았는데
도둑맞은 것 같은
나의 에너지를 다시
채우고 싶어졌다.

할 수 있는 운동으로 시작만 하면 됩니다

친구와 동료가 운동을 추천해달라고 하면 근육과 근력을 함께 키우는 운동을 권했다. 대체로 신체 조건에 견줘 근육과 근력이 한참 부족한 경우가 많았다.

"기본적인 프리 웨이트 트레이닝(맨몸 근력 운동)을 차근차근 해보는 건 어떨까?"

나의 단골 멘트였다. 그리고 운동 자세를 가르쳐달라는 친구에게는 짧은 레슨을 해주기도 했다. 생활스포츠지도사 2급 자격증을 땄기에 할 수 있었다. 운동을 시작하기 전에 몸을 푸는 동작부터 대표적인 맨몸 근력 운동인 스콰트(양발을 벌리고 서서 앉았다 일어나며 하체 근육을 단련), 플랭크(엎드린 자세에서 배, 엉덩이, 허벅지, 등, 가슴 등 전신 근육을 단련), 크런치(바닥에 누워 윗몸을 일으키며 배 근육을 단련), 백익스텐션(벤치나 짐볼을 이용하거나 바닥에서 허리 근육을 단련) 정도를 알려주곤 했다. 그리고 며칠 뒤에 근육통은 없는지 근황을 물었다.

"아, 혼자서는 못하겠더라고. 일단 걷는 시간부터
늘려보려고!"

왜, 또, 걷기로 돌아가는가! 꼭 필요한 근력 운동이라 동작까지 알려줬는데…… 괜히 서운해서 친구에게 솔직하게 털어놓았다. 돌아온 그의 말에 얼굴이 빨개졌다.

"목이랑 허리에 디스크가 있어서 치료받은 적이 있어. 아직은 내 몸 지탱하는 데도 무리더라. 걷기라도
하면서 척추 주변에 힘을 조금씩 키워보려고."

그깟 속상한 내 마음이 무어냐. 당장 사과를 했다. 좋다는 운동보다는 그에게 맞는 '움직임'을 찾는 게 급선무였다. 그 뒤로는 여간해서 특정 운동을 함부로 추천하지 않는다. 그저 내가 운동의 효과를 충분히 느낄 때나, 훈련하면서 이룬 작은 성취들을 신나게 이야기할 뿐이다. 궁금한 사람들은 묻고 나는 친절하게 답한다. 여기까지다.

덧붙일 조언은 딱 하나다. 운동에도 트렌드가 있다. 그 트렌드에만 눈을 돌리다 보면 기본과 기초가 되는 힘은 기르기 어렵다. 15년간 운동 트렌드를 헤맨 사람의 고백이다. 새로운 운동을 해보고 싶다는 호기심만으로는 텅장(텅 빈 통장)과 장비더미를 양산한다. 트렌디한 운동은 하지 말라는 이야기는 아니다. 내가 할 수 있는, 필요한 운동을 하자. 꽤 많은 선택지가 있다. 그 가운데 적성과 성향에 맞는 운동을 고르자. 하고 싶은 새로운 운동이 그저 '인스타그래머블'한 운동은 아닌지, 내 몸에 맞는지, 멈춰서 딱 한 번만 더 생각해보자.

운동 방랑의 역사

아, 운동 방랑자의 삶은 참으로 고단했지. 동료들이 내게 자주 하던 질문 가운데 하나는 이거다.

"요즘 무슨 운동해?"

일과 개인적인 관심사가 뭉쳐 끊임없이 탐색했다. 그래서 내 대답은 자주 바뀌었다. 그러면 "역시 뭔가 새로운 걸 하는구나!" 하는 칭찬이 돌아왔지만, 나는 속으로 울었다. 도무지 정착하지 못할 것 같을 때의 그 마음. 다 내 의지로 시작한 운동이었지만, 많아도 너무 많았다. 방

황을 15년이나 지속했다. 그리하여 꼽아보는 운동 방랑
의 역사.

♪ 다이어트 복싱 5일, 수영 1개월, 실내 암벽 타기 3회, 서핑 4회,
    스윙댄스 0.5회, 방송댄스 3주, 재즈댄스 1개월, 필라테스 3회,
    요가 2주, 홈트레이닝 수차례, 퍼스널 트레이닝 2개월 반, 야외
    달리기 2개월…….

기억나는 것만 열두 가지. 그런데 이 운동 기간들을 다 합쳐도 1년이 안 된다는 사실을 깨달았다. 15년 동안 운동을 실제로 한 기간보다 운동을 탐색하고, 준비하고, 실행해보고, 포기하고, 포기한 나를 극복하는 데 더 많은 시간을 들였다.

가장 많은 시간을 투입한 건 운동 탐색과 준비였다. 집과 직장에서 멀지 않은 운동 공간을 찾고, 운동에 맞는 옷과 장비를 구비했다. 그리하여 쌓인 장비는 70×40× 30센티미터의 수납상자 세 개를 가득 채울 정도다. 내가 운동을 하고 싶어하는 건지, 운동을 위한 소비에 맛을 들인 건지 헷갈릴 지경이었다.

운동을 시도했다가 그만둔 이유는 다양했다. 운동을 하는 이유는 (과거에는) 재미나 살 빼기 둘 중 하나였다. 운동을 그만둔 이유는 여기에 다 댈 수 없을 정도로 많다. 그중 충격이었던 경험은 스윙댄스다. 스윙댄스는 처음 강습받던 날 중간에 빠져나왔다. 스윙댄스 스텝을 배우면서 맞은편 남성의 손을 잡으려고 다가서는 순간! 아! 어디에선가 풍기는 강렬한 체취. 그것은 향기가 아니라 냄새였다. 당황스러웠다. 나도 그리 엄격하게 깔끔한 인간은 아니지만 강습 중반으로 갈수록 그 체취들과 땀내가 뒤섞여 덮쳤다. 그리하여 나의 0.5회 스윙댄스는 끝이 나고 말았다.

가장 길게 한 운동은 그나마 퍼스널 트레이닝이었다. 저렴한 곳을 찾아간다고 갔는데도 만만치 않은 가격이었다. 1회 4만4천 원. 맛있는 샐러드를 세 번 정도는 사 먹을 수 있는 돈이다. 마음 단단히 먹고 찾아갔다. 트레이너가 초반에 식단 관리를 엄격하게 하니, 몸도 몇 주 사이에 가벼워지는 듯했다. 그러나 도통 '얼른 운동하고 싶다!'라는 생각은 들지 않았다. 오직 한 가지 생각이었다. '이게 얼만데!' 결국 마지막 한 달은 다 채우지 못했다. 아직도 아깝다, 내 돈!

운동 '금사빠'인가 자책도 했다. 호기심에 도전하고 금세 포기하는 사람. 이러다 맞는 운동도 못 찾고 평생 운동 방랑자의 삶이면 어쩌지 조바심도 났다. 3년이 넘게 한 가지 운동을 일주일에 기어코 두 번은 하고야 마는 사람이 될 줄은 정말 몰랐다. 15년 전의 나를 만날 수만 있다면 "으이그!" 머리를 콕 쥐어박고 싶은 때도 있다. 들인 돈만 모았어도…….

한편 운동 방랑의 역사를 돌아보며 스스로 '우쭈쭈' 하기도 한다. 그렇게 도전했으니, 정착할 운동을 찾은 거 아니냐며. 정신 승리라고 쳐도 좋다. 이렇게라도 이겨봐야지. 운동 의지박약의 나를 잘 이겨냈다!

'효과 100퍼센트'의 유혹

운동 방랑의 역사와 함께 기록해야만 하는 또 다른 흑역사가 있으니 '효과 100퍼센트의 역사'다. '효과 100퍼센트'라는 광고가 진짜라면 이 세상에 건강 때문에 고생할 사람은 없을 거다. 과장 광고인 게 뻔한데도 이런 광고 문구는 절대 사라지지 않는다. 뻔한 데도 빠진다. 나처럼.

"요즘에 ○○가 핫하더라"라는 말에 매번 혹했다. 시간도 절약하고, 쉽게 살을 뺄 수 있다는 광고라면 더더욱 그랬다. 비용을 듣는 순간 잠깐 망설여보지만, 금세 판단이 선다. 확실하다면 기꺼이 돈을 지불하겠다는 판단이.

가장 처음 해본 시술은 카복시 주사였다. 지방 분해

가스를 주입해 피하지방을 없애준다는 시술. 원수처럼 여겼던 굵은 허벅지에 주삿바늘을 찔러 넣었다. 겪어본 적 없는 고통이었다. 아픔을 참느라 어금니를 꽉 물어서 시술이 끝나면 턱에 근육통이 생길 정도였다. 가스를 넣어 묵직해진 허벅지를 이끌고 병원을 나서길 수차례. 허벅지 둘레는 좀체 줄어들 기미가 보이지 않았다. 세 번째 시술을 받은 뒤에 1센티미터 정도 줄었던가. '과연 주삿바늘 찔러 넣는 고통을 참을 가치가 있는가?' 너무 아팠다. 시퍼렇게 멍든 허벅지를 어루만지며 결론을 내렸다. '잘 아는 고통'을 다시 겪기 싫었다. 실패.

두 번째 100퍼센트의 실험은 약이었다. "○○역 앞에 있는 한의원에서 살 빼는 한약 지어다 먹었는데, 효과 진짜 좋아." 광고 문구가 아닌, 동료의 체험기 아닌가. 망설일 필요가 없었다. 당장 한 달치 약을 지어 먹었다. 과연 식욕이 뚝 떨어지는 효험이 있었다. 많이 안 먹는데도 배고픈 줄 몰랐다. 일주일에 1~2킬로그램씩 줄어가는가 싶더니, 감량 속도는 더 빠르게 줄었다. 줄어가는 건 감량 속도뿐만이 아니었다. 기력이 뚝 떨어졌다. 땅에 발을 대

고 있는데도, 몸이 공기 중에 흩어지는 느낌이었다. 살 빼는 한약의 부작용을 익히 알고 있었지만, 집중력까지 떨어지자 약을 더 짓는 건 포기했다. 역시 실패.

　　세 번째는 식이요법. 당질 제한 식이요법, 저탄고지(저탄수화물 고지방) 식이요법이 차례로 유행했다. 무엇보다 저탄고지 식이요법은 '과도하게 식사량을 줄이지 않고도 효과를 볼 수 있다'는 게 매력이었다. 게다가 고기를 충분히 먹을 수 있는 식단이라니! 저탄고지 식이요법을 실행하기 위해 주방 선반 한 칸을 꽉 채웠다. 코코넛오일, 버터, 차전자피 가루(질경이 씨앗 껍질 가루. 밀가루 대용으로 빵을 만들 수 있다) 등을 차곡차곡 쌓았다. 아침에는 버터를 넣어 만든 방탄커피를 마시고, 점심에는 고기를 구워 먹었다. 집에서 저녁을 먹는 날에는 저탄고지 요리 레시피를 찾아 정성스럽게 해 먹었다. 그리고 일주일 뒤 깨달았다. 내 소화기관은 평소보다 많은 양의 지방을 받아들일 준비가 전혀 안 되어 있었다는 걸. 부글거리고 매슥거리는 속을 다스릴 방도가 없었다. 저탄고지 식단 일주일째, 화장실 변기 위에 앉아서 백기를 들었다. 또 실패.

그 뒤로도 효과 100퍼센트의 유혹은 수시로 닥쳤다. 요즘에는 SNS 광고의 표적 마케팅이 너무 정확해서 깜짝 놀라곤 한다. 어쩜 내가 홀린 듯 주문할 만한 상품을 고르고 골라 내 타임라인에 심는지……. 다행인 건 근력 운동을 꾸준히 하면서 단련된 건 근육뿐만이 아니라는 점이다. 효과 100퍼센트의 자극에도 둔감해졌다. 뻔한 데 빠져들고야 마는 수법, 이제 안 통한다.

근력 운동을 꾸준히 하면서 단련된 건
근육뿐만이 아니었다.

조금 더 움직여보겠다는 마음,
조금 더 견뎌보겠다는 마음을
순간순간 함께 쌓아가게 된다.

바닥에서 건져 올린 나

최근 3년 동안의 슬기로운 운동 생활을 돌아보면 스스로가 정말 자랑스러웠다. 작은 수술과 일 때문에 중간에 몇 번, 한두 달 정도 운동을 쉰 적은 있지만 곧 체육관으로 복귀했다. 앞서 밝혔지만 나는 운동 습관이라고는 없다시피 한 사람이었다. 운동 습관은커녕 운동 방랑 습관에 도통한 나였지만 이렇게 성실한 운동꾼이 되기까지 결정적인 계기가 있었다.

지방에서 나고 자라 서울에 있는 대학에 다니게 된 그 순간부터 호기심에 온갖 도전을 감행했다. 방랑을 하건 시술을 하건 뭐든 했다. 인내심은 부족해도 호기심만은 마르지 않았다. 조금의 일탈도 없이 평생을 살아온 내가 서울에 와서 맡은 냄새는 '자유'의 향기. 갓길로 나갔다가, 휴게소에도 들렀다가, 유턴도 했다가…… 지도 없이 자유롭게 길을 나섰다.

결국 도중에 맞닥뜨리고 말았다. 6년 전, 나의 무릎을 꺾고 자유를 가로막은 막다른 길에 다다랐다. 그냥 막힌 길이 아니었다. 막힌 길 끝에는 하늘 끝까지 솟은 높고 두꺼운 벽이 있었다. 1년 사이에 두 번, 성범죄의 피해자가 됐다. 꼭 한 해의 시차를 두고 벌어진 일이었다.

처음의 일이 있고 난 뒤 무릎이 꺾인 채 사는 것 같았다. 무릎에 피를 흘릴지언정 그나마 걸을 수 있었다. 오기가 생겼다. 약한 모습을 보이기 싫었다. 피해자답지 않게, 보란 듯이 즐겁게, 단단하게 내 삶을 이어나가겠다고 마음먹었다. 그리고 닥친 두 번째 사건. 당황하지 않았다. 그러나 나는 무너져내렸다. 놀라운 일이 아니었으나, 나는 찢기는 듯했다. 당황하지 않고, 놀라지 않은 나는, 찢긴 마음을 듬성듬성 꿰맨 채 해나갈 일들을 열심히 해냈다. 증언하고, 증언하고, 또 증언을 하고 증거를 냈다. 언제나 그때의 기억은 바닥에서 더 깊은 바닥으로 끌려 들어가는 느낌을 준다. 다시 떠올리고 싶지 않다.

두 번째 사고(사건이 아닌 사고로 부르고 싶다)가 있은 뒤 불면과 불안의 나날이 이어졌다. 밤을 지새우다 아침 햇빛이 느껴지면 울음이 났다. 왜 나만 이 어둠에 갇혀 있는 건가. 왜 저 청량한 햇빛은 나를 일으켜 세우지 못하는가. 답을 얻을 수 없는 의문을 안고 잠깐 눈을 붙였다.

아침 10시가 되면 일상은 어김없이 시작되었으나 한낮의 일상에도 햇빛이 들지 않았다. 꾸역꾸역, 꾸역꾸역. 밥을 먹고 일을 했다. 일터에서 해야 할 일이 있었기에 그나마 가능한 삶이었다. 저녁이 시작되면, 누구에게도 쫓기지 않았으나 숨듯이 서둘러 집으로 들어갔다. 밤 10시. 오늘은 꼭 잘 자야지. 잘 잘 수 있어. 잘 자야 한다는 생각에 브레이크가 걸리지 않았다. 생각은 더욱 빠르게 반복됐다.

그런 일상을 버텨내다 결국 휴직을 했다. 쉬고 싶을 만큼 쉬는데도 마음대로 움직이지 않는 나의 감정과 몸이 낯설었다. 휴직 뒤에 나의 일상은 늦은 오후에 시작됐다. 배달 음식이나 편의점 음식으로 한 끼를 때우고 난 뒤 몸을 좀 뒤척이면 다시 살아나오는 끔찍한 감정에 숨이 막혔다. 긴 밤은 내 편이 아니었다. 매몰차게 자책하고, 주체 못하게 분노했다. 망가져갔다.

다행스럽게도 두 번째 사고가 있고 나서 꽤 오래 심리 상담을 받을 수 있었다. 가서 한 것이라고는 화내고, 울고, 가슴을 치고, 멍하니 있다가 몇 마디를 하고 오는 것뿐이라고 생각했는데, 손가락과 발가락 끝에 조금씩 힘이 들어가기 시작했다. 내 의지로 몸이 움직인다는 감각.

그리고 그날이었다. 두 번째 사고의 가해자가 법정에서 거짓말을 하고 있다는 소식을 듣고 난 뒤 상담일이었다. 상담사가 물었다.

"무슨 생각하세요?"
"내 몸이 완전히 다쳐버리면, 그 사람이, 그 가족들이 죄책감이 들까요?"

곱씹고 곱씹었다. 힘이 들어가기 시작한 몸이 완전

히 생기를 잃는 것을 상상했다. 조금씩 회복되는 듯했던 몸과 마음이 다시 한 번 내동댕이쳐지는 기분이었다.

그러나 결코 그렇게 끝낼 수는 없었다. 나의 타고난 기질일 수도 있다. 그리고 마침내 기억해냈다. 나는 일어서서 걷고 뛰고 몸을 크게 움직이기를 좋아한다는 걸, 잊었던 기억이 또렷해졌다.

다시 일어서는 것조차 힘든 사람들이 많다는 걸 안다. 그들에게 '누워만 있지 말고 몸을 움직여봐, 기운이 좀 날 거야'라는 참 쉬운 조언을 더는 쉽게 하지 않는다. 겪어보니 너무나 어려웠다. "힘내!" "기운 좀 차려보자!"라는 말이 다그침으로 들리기도 한다. 저마다 '일어서보자'라는 마음이 일기까지의 시간은 다르다. 그래서 나의 글이 '움직이세요, 당장!'이라고 읽히지 않았으면 좋겠다. 움직이고 싶을 때까지의 시간을 누구나 존중받았으면 좋겠다.

나는 한번 몸을 일으킨 뒤에, 다시는 바닥 밑의 바닥으로 끌려 내려가지 않겠다고 마음먹었다. 그 새끼 보란 듯 건강하고 멋지게 살고 말리라고 생각했다(그리고 결국 법정 싸움에서도 내가 완벽하게 이겼다). 온종일 누워 있던 이부자리에서 털고 일어나, 걷고, 다시 운동을 시작했다. 어디서든 갑자기 큰 소리가 "쾅!" 하고 나면 그 자리에 그만 주저앉아버리곤 하는 마음에도 차근차근 운동이 필요했다.

끝없던 어둠 속에서 나는 빛으로 천천히, 아주 천천히 걸어갔다. 내 안의 힘은 다행히 쉽게 사그라들지 않아서, 기어코 그 어둠을 뚫고 나왔다. 지금의 나는 그 어느 때보다 단단하다. 결국 나는 이겼다. 그 사실만 남기고 싶었다. 그렇게 4년이 흘렀다.

"나는 너에게 증명할 게 없어."

캡틴 마블은 이야기했다. 나 역시, 나의 승리와 그 승리를 이끌어낸 나의 능력과 노력을 증명할 필요를 느끼지 않는다. 그러나 나는 이야기를 들려주고 싶다. 나의 힘, 나의 몸, 나의 운동에 관한 이야기를. 증명을 위해서가 아니라 다른 누군가의 승리를 위해서.

나의 경험이 모든 이에게 해결책이 될 리 없다. 다만 각자의 경험은 다를지라도 누군가가 어떤 어려움을 극복해낸 경험에서 자신의 어려움을 헤쳐나갈 단서를 찾을 수 있을지도 모른다. 어딘가에서 당신이 지금의 어둠을 헤치고 걸어 나오는 데 작은 단서라도 되었으면 하는 마음.

6년이 지난 지금, 내일모레 마흔치고는 꽤 건강한 몸과 마음의 상태를 유지하고 있다. 아마 앞으로 30년은 쭉 유지하지 않으려나. 멈춤 뒤 다시 시작. 이제 겁내지 않는다.

손가락과 발가락 끝에

조금씩 힘이 들어가기 시작했다.

내 의지로 몸이 움직인다는 감각.

충동구매처럼 찾아온 충동 운동

"안녕하세요. 수업을 듣고 싶어서 연락드립니다."

정확하게 2017년 3월 30일 저녁이었다. 그야말로 충동!
여느 때와 다름없이 퇴근하고 소파에 누워 스마트폰을
만지작거렸다. SNS를 쉼 없이 새로고침 하다가 그의 어
깨를 봤다. "와!" 외마디가 터져 나왔다. 파워존 합정의 코
치라는 소개글, 흥미로웠다. 아수리언(영화 〈아수라〉의 덕
후를 일컫는 말)이 분명해 보이는 그의 SNS 혼잣말도 재
미있었다. 그런데 그게 다가 아니었다.

그가 하는 운동의 정체가 눈을 사로잡았다. 스트롱

퍼스트! 케틀벨과 바벨로 근력을 키우는 데 역점을 둔, 이름도 멋진 이 운동을 처음 만난 순간이었다. 2011년 취재 때 딱 한 번 만져본 이후로 그저 무쇠를 흔드는 운동이라는 선입견이 있던 케틀벨. 그쯤 중력의 도움을 받으면 별로 힘들이지 않고 할 수 있겠거니 쉽게 생각했던 케틀벨. 나의 오해와 편견을 깨부수고 지금은 친애하는 나의 '최애' 운동기구가 된 케틀벨.

무엇보다 여느 남성보다 튼튼해 보이는 사진 속 코치의 어깨가 나를 자극했다. 마른 근육이 아닌 말 그대로 '근육질'의 어깨. 그리고 내 어깨를 봤다. '나도…… 강해지고 싶어!' 남의 튼튼한 어깨는 선망의 대상으로 삼으면서, 끝끝내 마른 근육형 몸매를 가꾸려고 온갖 방법을 다 써오던 내가 변하기 시작했다. 수천 킬로미터가 아닌, 단 5킬로미터 떨어진 곳에 그가 있다고 생각하니 갑자기 많은 것이 선명해졌다. 당장 그를 따라 강한 사람이 되고 싶었다. 35년 인생에 처음으로 누군가의 몸을 보면서 '살 빼고 싶다'가 아니라 '근육을 갖고 싶다'라고 생각했다.

"회원님, 근육은 조금만 늘리거나 안 늘려도 될 거 같아요. 인바디(체성분 검사) 보면, 거의 일자네요. 몸무게랑 체지방은 줄이고 여기 가운데 근육은 유지하면 이렇게 'D'자가 됩니다. 체지방 빼는 데 집중하죠."

지난 트레이너들의 말을 다시 떠올렸다. '아니, 내가 왜? 근육을 더 키우면 안 되는 거야?' 나도 저렇게 되고 싶다! 충동이 일었다. 남에게 보이려고 몸을 가꾸는 사람이 아닌, 세상에 밀리지 않고 더 꿋꿋하게 서서 살아가는 사람이 되고 싶었다.

든든한 근육이 있었기에 내가 잘할 수 있는 운동이라는 확신도 섰다. 잘할수록 더 잘하고 싶어지니까. 그러나 근육이 있으니 근력도 있을 것이라는 오만은 스트롱퍼스트 운동을 시작하자마자 산산이 깨졌다.

단숨에 파워존 합정의 최현진 코치 수업을 충동구매했다. 대망의 2017년 4월 3일 첫 수업 시간. 워밍업을 마치고 '겟업'Getup이라는 동작을 배웠다. 처음에는 맨몸으로, 이어서 가벼운 스티로폼 블록을 들고 천천히 코치의 가르침대로 움직이면 됐다. 별로 어려워 보이지도 않았다. 그러나 천천히 동작을 배우는 사이 5분이 지났을까? 땀이 삘삘 나기 시작했다. 바닥을 짚는 동작을 할 때는 팔이 벌벌 떨렸다.

2주 정도 지나 8킬로그램짜리 케틀벨을 들고 겟업에 돌입했다. 거뜬해 보였다. 하지만 온몸의 떨림만 더욱 격해져갔다. 100퍼센트의 근육, 너는 뭐 하는 거니? 일을 하라고! 속으로 외쳤지만 소용없었다. '근육량은 곧 힘'이 아니었다. '근력'은 또 다른 이야기였다.

성과가 눈에 안 보이면 아주 쉽게 도전을 내팽개치는 습성이 있던 나로서는 아주 신기한 일이 일어났다. 운동을 한 지 한 달이 지났는데도 지루하지 않았다. 오히려 의지가 강해져갔다. '예쁜 몸' '예쁜 근육'은 뇌리에서 사라졌다. 멋진 근육을 갖고 싶었다. 아니, 다르게 표현해야 한다. 근육이 아닌 힘, 근력을 갖고 싶어졌다. 운동을 마치면 심장이 터질 것 같고 뻐근함이 3일은 가는데도, 그 시간만 기다려졌다.

무쇠추를 흔드는 게 아니라고요?

탈탈 털린 몸과 마음 앞에서 겸허해졌다. 나의 몸뚱이란 무엇인가. 이 유기화합물 덩어리 같으니! 나쁘지 않다고 자평하던 운동 신경은 30대 중반에 노화한 것인가. 여기 저기 붙어 있는 근육은 다 무슨 소용인가! 갓 두 돌을 넘겨 제 마음대로 뛰지 못하고 자빠지기 일쑤인 조카의 심정이 이럴까? 이런저런 생각을 잔뜩 품은 채 본격적인 케틀벨 운동 수업을 받으러 체육관으로 향했다.

　　오직 '케틀벨 기본 스윙'에 신경을 집중했다. 지나친 선행 학습의 안 좋은 예랄까? 체육관에 가기 전에 여러 동영상을 살폈다. '다이어트 최고의 케틀벨 스윙' '내장지방 빼주는 케틀벨' '몸짱 만들기 최고 케틀벨'. 다이어트는 나의 목적이 아니라고 하였으나, 한없이 끌렸다. 강해지기도 하면서 살도 빼주는 운동이라니! 동영상의 스윙 자세를 보고 상상하면서 이미지 트레이닝을 하다가, 살짝 자세를 잡아봤다. 동영상의 안내대로라면 하루쯤이면 케틀벨 스윙 자세는 완벽하게 배우고도 남지 않을까? 겸허한 마음은 온데간데없고, 동영상으로 자신감만 채워 과감하게 체육관 문을 열었다.

그룹 수업 전에 개인 수업에서 배운 워밍업과 겟업 자세를 마치고, 본격적인 케틀벨 동작 훈련을 시작했는데……??? 최현진 관장님이 보여준 스윙은, 동영상에서 본 그 스윙이 아니었다! 16킬로그램의 케틀벨로 스윙 자세 시범을 보여준 관장님은 그러나 내가 오늘 배울 것은 스윙이 아니란다. 케틀벨 스윙을 위해서 익혀야 하는 기본 동작, 그게 나의 과제였다.

'아니, 스윙은 30분이면 배울 수 있을 것 같은 동작인데?'

미간이 살짝 찌푸려진 채 의구심을 품던 나의 뇌리
에 한 문장이 날아와 박혔다.

"케틀벨 스윙은 케틀벨을 팔로 흔드는 게 아닙니다."

손으로 잡고 팔을 움직이는 거 아닙니까? 아니란다.
고관절을 펴며 엉덩이 근육을 조임과 동시에 온몸 근육
의 힘을 동원해 케틀벨을 컨트롤하는 것. 이것이 케틀벨
스윙이다. 케틀벨에 작용하는 중력을 이용하면서 동시에
조정해야 한다. 엔지니어 출신인 관장님의 '케틀벨과 물
리학' 강연은 자연과학 법칙이라고는 뉴턴의 법칙 정도
밖에 기억하지 못하는 나도 이해할 수 있는 수준이었다.
중요한 건 내가 '이해'했다는 거다.

그리고 시작된 케틀벨 스윙 연습. 먼저 고관절을 접
고, 무릎을 굽힌다. 팔에 힘을 빼고 늘어뜨린 상태에서 손
을 뻗어 양발 사이, 발끝에서 30센티미터 정도 떨어진 위
치에 놓은 8킬로그램짜리 케틀벨을 잡는다. 케틀벨을 몸
쪽으로 살짝 당기듯이 기울여 잡고, 양손으로 케틀벨 손

잡이를 부러뜨릴듯이 꽉 쥐면서 겨드랑이 뒤편의 근육에 단단히 힘을 준다. 한 시간 스윙 동작 속성 완성의 꿈은 안녕. 시작 동작만 해도 온몸 구석구석 근육의 존재를 처절하게 확인할 수 있다.

단순해 보이는 케틀벨 스윙을 제대로 배운다는 느낌에 강습 전에 본 동영상의 존재는 완전히 지워졌다. 엉터리 케틀벨 운동을 가르치는 내용을 다시 보면 이제는 화가 날 정도다. 케틀벨 운동의 매력에 완전히 빠지게 된 첫날의 기억을 잊지 못한다. 가장 깊이 남은 건 어떤 확신. 제대로 배우고 있다는 확신이다. 3년째 변치 않았다.

근육이 곧 근력? 아닙니다!

고양이와 함께 살고 난 뒤의 기쁨 순도 100퍼센트 외에, 내가 100퍼센트라고 자랑하는 유일한 지표인 키·몸무게· 연령대에 따른 적정 근육량. 적정 근육량 70퍼센트의 친구 A는 간혹 내게 묻는다.

"너 아직도 허벅지 근육이 많아?"

"응. 안 없어져. 지긋지긋해."

"나 또 만져볼래!"

"(힘을 빡 준 채로) 옜다."

이런 나니까 '케틀벨이건 바벨이건, 근육은 충분하다, 자세만 잘 배워보자'라고 생각하며 근력 운동을 시작할 때 근거 있는 자신감을 가졌더랬다. 그렇게 케틀벨 스윙 연습을 시작하면서 8킬로그램짜리 케틀벨을 한 손으로 가볍게 들어보려는데, 어라? 꽤 묵직하다. 당시 체육관에서 가장 가벼운 케틀벨이었다. 처음이니까 무게를 가늠하지 못해서 더 무겁게 느껴지는 거겠다 싶었다. 그러나 그것은 오해였다.

어찌된 일인지 100퍼센트의 근육은 제대로 일을 안했다. 수업을 시작하며 몸 풀기 동작을 하는데도 허덕거렸다. 케틀벨 스윙과 데드리프트 등 본격적인 근력 운동 동작에 돌입하자 얼굴이 시뻘게지면서 가쁜 숨을 내쉬었다. 근육아, 일 좀 하자! 원망하고 질책했지만, 근육은 죄가 없었다.

근육을 향한 잘못된 질책은 근육이 많으면 힘이 셀거라고 오해한 데서 출발했다. 많은 사람들이 나처럼 생각하지만, 아니다. 근육이 일을 하려면 근력이 있어야 하는데, 근육이 많다고 무조건 근력이 있는 건 아니다. 100

퍼센트의 근육이 있어도, 100퍼센트의 힘을 쓰지 못하는 게 나의 상태였다.

　그리하여 충분한 근육량이 주는 든든함이 사라졌다. 믿을 구석이 사라져버린 것이다. 근육의 힘을 제대로 쓰는 데 집중하기로 한다. 엉덩이에 손가락이 안 들어갈 정도로 힘을 주고, 배 근육에 쥐가 날 정도로 꽉 수축하고, 허벅지를 벽돌마냥 단단하게 한다. 그런데 이건 쉽다.

많은 운동이 엉덩이 근육, 배 근육, 허벅지 근육과 같은 코어 근육을 단련하는 데 도움이 된다고 주장한다. 크고 넓게 분포한 근육이다 보니 제대로 힘을 쓰는지 등을 파악하는 데도 상대적으로 어려움이 적다.

복병은 사이사이의 작은 근육이다. 거기에 있는 줄도 몰랐던 작은 근육이 우리의 온몸에 분포한다. 겨드랑이 아래 근육, 엄지발가락 근육, 손바닥 근육 등등. 케틀벨 스윙은 이 근육들의 힘을 모두 동원해 바른 자세와 최대한의 힘을 이끌어낸다. 각 부위 근육에 근력과 함께 모빌리티(관절 가동성), 강한 호흡이 더해져야 비로소 케틀벨 스윙을 완성할 수 있다.

8킬로그램으로 시작해 10킬로그램, 12킬로그램으로 케틀벨 무게를 서서히 올렸다. 100퍼센트의 근육에 튼튼한 힘을 채워넣기 시작했다. 요즘은 한 손으로는 20킬로그램, 양손으로는 24킬로그램 케틀벨을 들고 스윙을 한다. 아직 100퍼센트는 아니다.

근육량이 많으면 힘이 셀 거라는 건

완벽한 나의 오해였다.

까짓것 뒤에 오는 고통

"어디 다쳤어?" 옆자리 동료가 걱정스레 나를 살폈다. "윽, 아니야. 으……." "아닌 게 아닌데?" "아니야, 으흐흑…… 괜찮아질 거야." 사달이 났다.

체육관은 케틀벨뿐만 아니라 바벨로 하는 데드리프트, 턱걸이, 푸쉬업 등 근력을 끌어올리는 다양한 운동을 조합한 프로그램을 진행한다. 운동한 다음 날 아침이면 이부자리에서 일어날 때부터 신음이 삐져나온다. 허리 근육을 많이 쓴 날이면 세수를 하다가 "으악!", 다리 근육을 많이 쓴 날이면 계단을 내려가다가 "으악!", 어깨 근육을 많이 쓴 날이면 지하철 손잡이를 잡다가 "으악!"

운동할 때는 느끼지 못한다. 그래서 조금 버거운 무게로 케틀벨 스윙을 해도, '까짓것 해보지 뭐' 하는 마음이 든다. 이제는 그 고통을 알기에 훈련에 쓰는 케틀벨 무게를 조금씩 올린다.

내가 겪은 가장 강렬했던 '으악의 날'은 철봉 매달리기 훈련을 한 다음 날이었다. 철봉이라고는 고등학교 때 체력장(체력평가)에서 매달려본 뒤에 처음이었다(바야흐로 20년 전). 팔과 어깨 근육이 부푼 듯 욱신거렸다. 그러나 가장 강렬한 고통은 주변 근육이었다. 평생 한 번도 안 써본 듯한 부위의 근육. 매달리기는 팔과 어깨만으로 하는 게 아니었다.

"온몸에 힘을 써야 올라갑니다. 겨드랑이에도 힘을 줘서 조이고 팔이 벌어지지 않게 등 근육에도 힘을 써야 해요."

최현진 관장의 지도에 따라 열심히, 얼굴이 터질 만큼 온몸에 힘을 꽉 줬다.

다음 날 출근하려고 잠옷을 갈아입다가 비명이 터져 나왔다.

"으아악!!"

한 번도 느껴본 적 없는 부위의 고통, 낯설고 강렬했다. 윗옷을 입는데 땀이 났다. 출근 준비를 구경하던 고양이 하모가 달아나 버렸다. 내 몸이 내 몸이 아니었다. 근육통이 내 몸을 짓누르고 앉아 있는 느낌이었다.

시험에 드는 순간이다. 근육통이 무서워서 딱 세 번하고 포기한 운동이 있다. 바로 실내 암벽 타기. 기사를 쓰기 위해 체험을 하러 실내 암장에 갔다. 5미터쯤 오르는 데 걸린 시간은 단 15분 정도? 체험을 마친 직후에 손이 발발 떨렸다. 일주일 넘게 고생했다. 다행히 이번에는 근육통을 핑계로 운동을 중단하지 않았다.

대신 '문질문질 타임'으로 나아갔다. 운동을 마친 뒤에는 무조건 문질문질 타임이다. 폼롤러, 마사지 볼 등 스트레칭을 할 수 있는 모든 걸 동원해 구석구석의 근육과 근막을 문지른다. 열심히 일한 근육을 다독이지 않으면 근육이 파업 선언을 할 수 있기 때문에 요구를 잘 들어주고, 협상에 성실하게 임해야 한다. 호기롭게 근육을 밀어붙이기 전에 나의 근육과 상의가 된 바인지 따져보자. '으악의 날'을 줄이고 싶다면!

문질문질 타임의 동반자들

잊지 말고 짚고 넘어가자. 운동 뒤 통증을 줄이고 빠른 회복을 돕는 다양한 도구들이 있다. 각각 쓰임과 적용 부위가 달라 각자 하는 운동과 몸 상태에 맞는 도구들을 알아둬야 한다.

폼롤러

길이나 지름이 다양하다. 플라스틱(PVC) 관에 부드러운 패드를 덧댄 유형과 스티로폼으로 만들어 속이 꽉 찬 유형이 있다.

폼롤러는 통증 유발점이 있는 신체 조직 주위에 압박을 가하는 식으로 활용한다. 통증 유발점의 민감함이 사라질 때까지 5~30초 압박을 가한다. 또 통증 유발점이 생기는 것을 예방하기 위해 민감한 부위에 폼롤러를 놓고 30초 정도 천천히 굴리는 것도 좋다.

마사지 볼

딱딱함의 정도가 다양하다. 무조건 크고 딱딱하다고 해서 좋은 것은 아니다. 사람마다 통증과 불편함을 참고 견디는 수준이 달라서다. 수용할 수 있는 통증 범위를 벗어나 압박을 가하면 오히려 근막 등을 긴장시킬 수 있다. 딱딱하지 않은 마사지 볼로는 '요가튠업볼'이 있다. 활용법은 마사지 볼을 이용한 셀프 마사지를 고안한 질 밀러의 책 『롤모델』(대성의학사, 2018)에 자세히 소개되어 있다.

마사지 스틱

폼롤러 적용 부위보다는 좁고, 마사지 볼 적용 부위보다는 넓은 부위에 쓰면 좋은 도구다. 50센티미터 정도의 긴 막대 모양으로, 양 끝을 잡고 허벅지나 종아리를 문질러 근막을 풀어주는 데 쓴다. 마사지 스틱 안에 진동 장치를 달아 마사지 효과를 높이는 도구도 있다.

플로싱 밴드

고무 재질의 밴드로 관절 등의 신체 부위를 힘주어 감고 굽혔다 펴면서 풀어준다. 플로싱 밴드는 운동 뒤 회복을 위해 활용하기도 하지만, 관절 운동 범위를 높여 운동 전에 활용하기도 한다. 플로싱 밴드 활용과 관련해 참고할 수 있는 책으로는 『플로싱』(범문에듀케이션, 2017)이 있다.

스위치를 꺼주세요

스위치를 끄자! 전기 절약 캠페인 문구가 아니다(물론 전기는 아끼자). 스위치가 도무지 안 꺼지는 나의 뇌에 거는 주문이다. 해야 할 일, 하고 싶은 일, 하고 있는 일이 이리 저리 세탁기 속 빨래마냥 뒤엉켜 돌고 돌고 또 돈다. 얼른 운동을 가고 싶어지는 순간이다. '아 운동 너무 가고 싶어!'라기보다는 '얼른 운동 가서 잡생각 스위치를 끄고 싶어!'에 가까운 순간들.

대체로 헐레벌떡 뛰어가 겨우 수업 시간에 맞추고, 부리나케 운동복으로 갈아입고, 텀블러에 운동하며 목을 축일 물을 담는 순간. 그 순간 잡생각 스위치는 오프off!

아무 생각이 없다. 아무 생각이 없어도 되기 때문이다. 체육관 관장님이 하라는 대로만 한다. 시키는 대로만 한다. 자유 의지는 잠시 내려놓기로 한다.

하루 종일 굽어 있던 목과 어깨를 살살 달래가며 풀고, 앉아 있는 내 몸을 받치는 것 말고는 별다른 일을 하지 않던 엉덩이 근육을 지긋이 편다. "으악!" 신랄한 신음이 새어 나오는 데 막을 길이 없다. 몸 전체가 살짝 데워지며 시동을 건다.

가장 좋아하는 순간은 10세트에서 16세트까지(일반적으로 1세트는 1분 안에 끝나는 경우가 많다) 동작을 지속하는 때다. 몸에 입력된 자세로 로봇처럼 반복하면 된다. 머릿속으로는 '하나, 둘, 셋…… 여덟, 아홉, 열' 딱 이것만 세면 된다. 10세트에서 16세트를 마치고 나면 나는 아무 생각이 없다. 아무 생각을 할 수가 없기 때문이다. 자유 의지를 가진 인간 이정연은 오간 데 없다. 열 받아 냉각수가 필요한 어떤 유기물 덩어리만 있을 뿐이다. 거친 숨과 짭짤한 땀만이 남는다.

운동을 시작할 때부터 운동의 스위치 오프 기능과

효과를 누렸던 건 아니다. 준비 운동부터 뭐 하나 제대로 따라가기가 힘들 때가 많아서 '나 몸치인가?'라고 생각하기를 여러 번이었다. 내가 하는 근력 운동의 기본 동작을 수없이 익히며 1년이 지난 어느 날.

폐를 비롯한 호흡기가 열을 받아 이러다 폭발하는 거 아닌가 할 정도로 운동을 한 날이었다. "헉⋯ 헉⋯"이 아니라 "헉! 헉!" 숨소리를 내뱉던 그날 문득 깨달았다. 이 순간만큼은 아무 생각 없이 운동하고 있다는 사실을. 아무 생각이 떠오르지 않는 즐거움을.

사람들, 특히 회사 동료들이 스트롱퍼스트 운동이 뭐가 좋으냐고 물으면 답한다.

"잘 때 빼고는 계속 생각을 하잖아요, 우리는 더욱 그럴 수밖에 없는 직업이고. 그런데 이 운동을 오래 하니까 운동하는 순간에는 복잡한 생각을 하지 않아요. 몸은 움직이는데 뇌는 쉬는 느낌! 이게 그렇게 좋더라고요."

스위치 오프를 할 수 있는 운동에도 여러 조건이 있을 것이다. 가장 중요한 조건은 단연 좋은 운동 지도자를 만나는 것! 그가 이끄는 대로 가다 보니 이르게 된 길이다. 땀은 땀이요, 숨은 숨이로다. 화가 나고, 걱정하고, 불안해하는 나는 없다. 아주 중독적이다.

엉덩이에 대고 기도하던 날

근력 운동에 완전히 빠져 있던 어느 날 아침. "으아악!!!" 침대에서 일어나 앉는 순간 소리밖에 지를 수 없는 고통이 느껴졌다. 이번에는 근육통이 아니었다.

묵직한 근육통과는 다르게 바늘로 찌르는 듯한 고통이었다. 처음 느껴보는 고통에 몸부림치며 침대 가에 겨우 걸터앉았는데 식은땀이 나고 몸에 열이 나는 듯했다. 이럴 때 1인 가구라는 게 사무친다. 고양이 하모는 무심하다. 원망스럽지는 않다. 고양이다울 뿐.

샤워를 하다 그것을 발견했다. 따뜻한 물로 몸을 녹이면 좀 나아질까 싶었다. 그러나 물을 대는 순간 더 큰 비명을 질렀다. "악!!!" 아아, 그것은 거기에 있었다. 엉덩이와 사타구니 사이, 그것이 있었다.

몸이란 무엇인가. 그 즈음 쌓인 업무에 괴로워하던 차였다. 이부자리 속에 폭 들어가서도 까무룩 잠들지 못하고 머릿속에서 "왱왱" 뇌 돌아가는 소리가 나는 것 같았다. 환절기였지만 감기에 걸리지 않은 것을 다행으로 여겼다. 고생을 시키는 것치고 내 몸이 참 잘 버텨주는구나, 하고 고마워했다. 그런데 웬걸, 몸이 반항을 시작했다.

"엄마, 나 이상한 게 생겼어."

엄마와 안부를 주고받다 결국 실토했다. 떨어져 산 지 15년째, 괜한 걱정을 끼칠까 웬만한 일은 덮어두고 살지만, 이 상황이 웃기기도 하고 서럽기도 해서 말해버렸다. 엄마는 '이상한'에 꽂혔다.

"뭔 일이다냐. 뭐가 생겼길래 그러냐."

철렁하는 소리가 귓가에 들리는 듯했다. 얼른 고쳐 말했다. "아니, 심각한 건 아닌 거 같고, 엉덩이랑 사타구니 사이에 뭐가 생겼어. 너무 아파!" 그제야 한숨을 내쉬는 엄마. "종기 아닐까? 네 아빠도 가끔 그런 거 났잖아." 그제야 떠올랐다. 아빠의 그 고통. 엉덩이에 종기가 생기면 고약 반창고를 바르고 한참을 고생했던, 그 기억이 떠올랐다. 아, 그것이 나에게도 왔구나!

부모에게 유전된 많은 것에 감사하지만, 종기는 감사하지 않았다. 약국에 가서 고약 반창고를 샀다. '종기 유전자라니, 종기야 너는 왜!' 생각하며 반창고를 받아 들었다. 제대로 앉지도 못하고 걷지도 못한 채 하루 일과를 마치고 집에 돌아와 의식을 치렀다.

"으으……." 반창고 포장을 뜯고, 그곳으로 향했다. 살갗에 대서 고정하면 끝일 줄로만 알았다. 결국 고약 반창고는 붙이지도 못했다. 힘을 줘서 반창고에 튀어나온 고약이 상처에 깊이 닿게 해야 하는데 힘을 줄 수가 없었다. 닿는 순간 손으로 입을 틀어막아야 할 만큼 고통이 뻗쳐왔다. 소염제를 먹고 누웠다. 자고 일어나면 다 사라질 꿈이길, 엉덩이의 종기가 가라앉아 있길 바랐지만, 헛된 바람이었다.

다음 날 종기는 더욱 불룩 솟았다. 겉으로 짐작할 수 있는 종기의 크기는 지름 1센티미터는 족히 넘었다. 외과와 항문외과를 함께 검색했다. 걸어서 100미터 거리에 항문외과가 있었다. 어기적어기적 걸어야 하는 게 겁이 났는데, 다행히 문제 하나는 해결됐다.

"아파요?" "네." "이거 사이즈가 큰대? 욱신거리지 않았어요?" "별로 욱신거리지는 않았어요. 어제 아침에야 이게 있는 줄 알았는걸요." "항문 주위 고름집입니다. 수술해야겠네요."

수술이라니. 나는 언젠가 상상했었다. 수술 뒤에 초췌하지만 단정한 모습으로 병상에 앉아 있는 내 모습을. 아마 만화방에서 만화책을 빌려 신나게 읽던 고등학교 때였을 것이다. 병상 위의 내 모습을 낭만적으로 포장해 비극의 주인공이 되는 걸 상상하기. 창의력이라고는 없는 흔한 상상이었다. 그래도 그렇지 나의 첫 수술은 낭만 따위는 요만큼도 발 디딜 틈이 없었다. 항문이라니! 고름 집이라니!

수술은 바로 다음 날 잡혔다. '마취'를 해야 한다고 했다. 마취. 역시 흔한 상상 목록에 있었다. "백, 구십구, 구십팔, 구십칠일……" 하면 스르륵 잠들 듯 마취되는 병상 위의 환자. 여지없이 낭만은 없었다. 내게 필요한 건 '척추하반신마취'였다. 아랫도리에만 마취를 했다. 마취를 하면 항문에 힘이 풀리기 때문에 정성껏 관장을 해야 했다. 심지어 잠이 들지 않아 소리를 다 들을 수 있었다.

오묘한 자세로 침대 위에 자리를 잡고 누웠다. 전혀 예상치 못한 한 가지 수술 전 절차가 있었다. 나의 수술 부위를 두고 의사와 간호사가 기도를 했다. 기도, 그 기도 말이다. 처음에는 기도인 줄 모르고, 무엇인가를 묻기에 "네!" 하고 자세를 잡았는데, 얼마 지나지 않아 "아멘!" 소리가 들렸다. 진실하고 신실한 마음으로 집도해주시길, 나도 엉덩이를 깐 채 기도했다.

"자, 안 아프죠?" 마취가 된 걸 확인하는 의사가 도

대체 어디를 눌렀는지 알 수 없었다. 수술은 빠르게 진행됐다. "어휴, 진짜 크네." 종기가 난 부위를 쓱쓱 무엇인가로 긁어내는 것 같았다. 곧이어 타는 냄새가 진하게 풍겼다. 워낙 움직임이 많은 부위인 탓에 상처를 봉합하지 않고 레이저로 지져 출혈을 막아서 자연스럽게 새 살이 차오르게 해야 한다고 의사는 말했다.

수술을 마치고 하루 입원실에 머물면서 생각했다. 왜, 하필, 이 시점이야! 당분간 운동은 물 건너 갔기 때문이다. 이번 운동은 꽤 오래 하지 않을까 짐작했는데 또 중도 포기의 위기를 맞았다. 운동을 해야 하는 이유는 건강 하나지만, 운동을 못할 이유는 백 가지도 넘게 만들 수 있다. 이런 식으로 운동을 강제 종료하게 될 줄이야.

운동 방랑과 방황 그리고 빠른 포기의 역사가 유구한 나로서는 엄청난 마인드 변화였다. 그 뒤로도 여러 번 위기가 닥쳤다(항문 주위 고름집은 재발이 빈번하다고 했는데, 다행히 발병과 수술은 한 번으로 그쳤다). 크고 작은 부상과 일 그리고 자발적 수험생활 등으로 간헐적으로 운동을 종료했을 때에도 매번 같은 체육관으로 돌아갔다.

'도대체 내가 어쩌다가 이렇게 됐지?' 자주 생각한다. 나도 의외로 끈기가 있는 사람인가? 아니면 이제까지 호기심과 열정을 유지할 운동을 못 찾았던 걸까? '역시 나는 안 될 거야. 못할 거야'라고 되뇌이고 자책했던 날은 수술을 마치고 체육관으로 복귀하던 날부터 안녕을 고했다. 어쩌면 지난날들이 있었기에 오늘의 내가 더 대견한 거겠지! 그리고 꼭 말해주고 싶다. 당신도 된다. 분명히.

숫자여 안녕 2 — 기록에 대한 집착

수술 뒤 복귀한 체육관에서는 데드리프트 훈련이 한창이었다.

"데드 몇이나 들어요?"

내가 근력 운동을 한다고 하면 경험이 있는 사람들 열에 아홉은 이 질문을 한다. 데드리프트는 절대 근력이 얼마나 되는지 측정할 수 있는 자세다. 역도 대회에 나갈 것도 아닌데 몇 킬로그램 드는 게 그렇게 중요할 일인가 싶었다. 하지만 반대편의 마음에서는 뽐내고 싶은 마음도 있었다. 부끄러운 듯 자랑스럽게 "100킬로그램은 넘죠"라고 답한다.

운동을 하면서 쌓은 기록은 남들에게는 별로 의미가 없겠지만, 나에게는 소중했다. 의미가 꽤 깊었다. 나의 성취를 명백하게 확인할 수 있는 수치이기 때문이다. 몸무게나 체지방율처럼 나를 작아지게 하는 수치가 아니라, 나의 강함을 증명해주고 성취감을 북돋우는 수치라니!

드디어 100킬로그램을 들던 날이었다. 데드리프트 기록이 세 자릿수를 넘어선 날! 생각보다 수월하게 가 닿은 100이라는 숫자에 들떴다. 그리고 숫자를 향한 갈증이 더욱 심해졌다.

체육관에서는 다양한 방식으로 각자의 절대 근력, 상대 근력을 확인한다. 데드리프트로 한 번에 들 수 있는 최대 중량을 측정한다. 케틀벨로도 여러 측정을 한다. 한 손으로 머리 위까지 밀 수 있는 케틀벨 무게도 찾는다. 또 양손에 케틀벨을 하나씩 들고 머리 위로 밀 수 있는 무게를 알아볼 때도 있다. 또 케틀벨 스내치를 5분에 몇 개 할 수 있는지도 잰다. 맨몸으로는 철봉 오래 매달리기나 턱걸이를 한다.

　이렇게 다양하다 보니 처음에 재미가 쏠쏠했다. 나의 근력이 성장하는 게 손에 잡히듯 보이는 게 뿌듯했다. 친구가 운동 어떠냐고 묻기라도 하면 곧바로 자랑했다.

　"야, 나 요즘 케틀벨 12킬로그램(지금은 16킬로그램)으로 스내치 해."

　정작 친구는 케틀벨이 뭔지, 스내치가 뭔지, 중량이 뭔지도 제대로 모르는데 말이다. 근력 운동을 시작하고 1년 동안은 그 재미에 푹 빠졌다. 그러다 그 일이 닥쳤다.

　데드리프트 1RM(한 번에 들 수 있는 최대 중량)을 알아보는 날이었다. 바벨 무게 100킬로그램을 생각보다 쉽게 넘어서자 내적인 어깨가 귀 높이까지 올라왔다. '110킬로그램까지는 문제없을 거야!' 데드리프트 기록을 잴 때의 팽팽한 긴장감 사이에서 다소 여유로운 마음으로 시작 자세를 잡을 수 있었다.

"헙!" "다운!"

온 힘을 다해 바벨을 잡고 허리와 다리를 펴며 일어섰다. 문제없이 성공했다. 그다음 무게는 115킬로그램! "흐어업!" 숨을 들이마시며 배에 힘을 꽉 줬다. 허리와 다리가 천천히 펴졌다. 서서히 바벨이 허벅지께로 올라왔다.

다음으로 도전할 무게를 정해야 했다. 117.5킬로그램으로 할지, 120킬로그램으로 할지 망설였다. 115킬로그램을 들 때 쉽지 않았지만 또 너무 어렵지도 않았다. 고민을 거듭했다.

"자신의 몸무게에 두 배를 들면 초급자는 아니다."

이 말이 떠올랐다. 욕심이 났다. 정확하게 몸무게 두 배는 아니지만, 두 배 가까이 가보자(당시 몸무게는 62킬로그램이었다)!

120킬로그램 바벨 앞에 섰다. 고관절을 먼저 구부리고, 무릎 관절을 구부린다. 팔을 늘어뜨려 바벨 위에 둔다. 온몸의 근육을 빠짐없이 동원해야 한다. 바벨을 힘껏 붙잡고, 정강이에서 바벨이 떨어지지 않도록 겨드랑이도 꽉 조인다. 데드리프트에 있어서 모르는 건 없었다. 일어서기만 하면 된다. 일어서기만!

고관절을 펴고 허벅지 앞쪽을 바벨로 쓸어 올리며 일어섰다. 꽉 쥔 손가락에 힘이 다해 자꾸 바벨을 놓칠 것만 같고, 다리는 후들거렸다. 그리고. 허리를 펴는 순간 몸속에서 들려서는 안 될 소리가 들렸다.

"뽁!"

고민할 여유는 없었다. 허리를 폈으면 끝까지 하는 거다. 허리와 고관절을 완전히 펴고 일어섰다. 120킬로그램 데드리프트에 성공했다!

자세를 잡고, 바벨을 들어 올리기까지 걸린 시간은 10초 정도. 짧다. 그런데 바벨 앞에 선 사람은 도무지 믿기가 어렵다. 10초라고? 1분 아냐? 아니다. 그 짧은 시간 동안 몸과 마음에서 일어나는 작용은 1분이 아니라 10분이 걸렸대도 이상할 바 없다.

아, 그런데 그 소리가 문제였다. "뽁!" 소리. 120킬로
그램 데드리프트를 성공한 직후에는 올림픽에 출전한 선
수처럼 소리를 지르고 싶었다. 그러나 기쁨의 환호성은
나오지 않고, 고통의 신음이 새어나왔다. "으……" 엎드
려서 팔을 바닥에 받치고 상체를 세운 스핑크스 자세를
하며 뻐근한 허리와 등 근육을 달래보려 했지만, 소용없
었다.

일주일이면 가실 줄 알았던 근육통은 쉽게 가시질
않았다. 결국 병원을 찾고, 운동을 잠시 쉬었다. 병원에서
는 큰 이상을 발견하지 못했다. 그러나 데드리프트에서
같은 자세를 취할 때마다 허리가 불편했다.

다시 체육관으로 복귀하고, 데드리프트 훈련을 시작
했다. 두려웠다. 또 같은 고통을 느끼고 싶지 않았다. 그
런데 훈련을 다시 시작하고 보니 나의 과오가 보였다. 데
드리프트를 할 때 숨을 들이쉰 뒤 복압(배 속의 압력)을
유지한 채 바벨을 들어야 하는데, 나는 중간에 복압이 "푸
시식" 빠졌다. 데드리프트 훈련을 다시 시작할 때 한 번

배웠으면 된 거지 또 기초부터 배워야 하나 싶었는데, 쓸데없는 생각이었다. 처음부터 다시 배우고 자세를 고쳐 차근차근 실력을 쌓아갔다.

그리고 첫 1RM을 측정한 지 6개월 뒤에 다시 그날이 왔다. 이날 내가 데드리프트로 든 최대 무게는 110킬로그램. 10퍼센트 넘게 줄었다. 전혀 속상하지 않았다. 더 나은 자세로 더 안전하게 기록을 세웠다는 게 중요했다.

내가 하는 근력 운동 프로그램인 스트롱퍼스트에서 강조하는 것 가운데 하나다. "Quality than Quantity." 양보다 질. 더 무거운 바벨을 들고, 더 많은 횟수로 케틀벨 스윙을 하는 것보다 바른 자세로 운동하는 게 가장 중요하다는 이야기다. 이 말을 접한 뒤 더욱 마음이 편해졌다. 숫자와 영원히 안녕을 고했다. 그리고 허리께의 뿍 소리를 더는 듣지 않게 되었다.

여전히 "데드리프트 몇이나 들어요?"라는 질문을 받는다. 대답은 달라졌다.

"대충 잘 들어요."

명확한 숫자는 알려주지 않는다. 그런데 '잘'이라는 부사는 포기하고 싶지 않다. 3년 넘는 동안 데드리프트를 배우며 잘하게 된 건 사실이니까. 내일은 더 잘 들고 싶다.

"Quality than Quantity."

양보다 질. 더 무거운 바벨을 들고,

더 많은 횟수로 케틀벨 스윙을 하는 것보다

바른 자세로 운동하는 게 가장 중요하다.

거울 프리존, 그곳에 진짜 자유가 있다

"그런데 체육관에 거울이 없네요?"

케틀벨 스윙과 데드리프트에 몸과 영혼이 탈탈 털리던 어느 날 체육관 바닥에 널브러져 누워 있다가 빠진 속눈썹이 땀과 함께 버무려져 눈에 들어갔다. 다급히 거울을 찾았다. 그러고 보니 여기 거울이 없다? 체육관 내 샤워실에만 거울이 있었다.

거울이라 하면 헬스클럽 또는 체육시설의 기본 요소이자 상징이라고 생각했다. 그간 등록해본 약 다섯 개의 헬스클럽 구조를 떠올려본다. 트레이드밀(달리기 연습 기구)과 스텝퍼(계단 밟기 연습 기구), 다양한 근력 운동기구 그리고 거울, 거울, 거울. 거울을 온 벽에 두른 체육관이 개 중 서너 곳이다.

거울을 사방에 두른 헬스클럽도 나름의 이유가 있겠지 싶다. 우선 자신이 하는 동작이 제대로 되었는지 확인하는 용도. 그리고 헬스클럽에서 '운동하는 나', 참 장하고 멋진 나를 눈으로 확인하고 싶은 욕구를 충족하기 위한 용도. 그게 누구냐고? 나다.

첫 번째 용도는 필요에 따른 것, 두 번째 용도는 사심에 따른 것이겠다. 동작 확인을 위한 용도라면 헬스클럽의 거울은 제 몫을 충분히 다한다. 나만 느끼는지 모르겠는데 헬스클럽 거울은 유난히 깨끗하고 잘 보인다. 지나치게 잘 보인다 싶을 때가 있을 정도다. 그런데 거울의 두 번째 용도로는 도무지 제대로 쓸 수가 없었다.

"야, 거울 좀 그만 봐!"

대학 시절, 하숙집 근처에 있는 허름한 헬스클럽을

함께 다니던 친구가 나를 나무랐다.

"보라고 여기 둔 거 아냐? 자주 들여다봐야 운동이
좀 됐는지 확인도 하고 그러는 거지!"

나는 친구를 나무랐다. '운동이 좀 된 몸'을 확인한다
는 말은 개뿔! 그 말에는 절반 정도의 진실만 담겨 있다.
온전한 진실을 따져보자면 헬스클럽의 거울은 허벅지 사
이에 공간이 얼마나 생겼나 확인하는 용도였다. 그렇게
단 한 시간의 운동을 하는 도중에도 시도 때도 없이 거울
을 들여다봤다. 몸무게 감량의 증거를 조바심 내며 눈으
로 확인하고 싶었던 거다. 과거의 나를 마주보며 지금의
나는 이마를 짚고 있지만.
　'눈바디'라는 말이 있다. 체성분 검사 '인바디'에서
따온 말로 체중계 숫자에 집착하기보다 거울에 비친 몸
의 변화를 확인한다는 뜻이다. 숫자에 연연하지 말자는
'건전한' 의도에서 시작된 말이겠으나, 나는 그 단어를 그
렇게 소화하지 못했다. 몸이 얼마나 가늘어지는지에 더,

더, 더 집착하게 됐다. 운동을 해도 큰 변화가 없는 내 몸은 거울 속에서 선명했다. 그리고 여기저기 튀어나온 군살을 확인할 때마다 운동할 의지는 희미해졌다. 거울 속의 내가 쳐다보기도 싫어질 때가 늘어갔다.

그런데 파워존 합정 체육관에는 거울이 없었다. 자비 없이 못난 내 몸을 비추는 거울이 싫었지만, 동작 확인 때문에라도 있어야 하는 거 아닌가? 게다가 케틀벨이나 바벨 등의 기구를 이용한 운동을 하는 곳이라면 더더욱 필요한 것 아닐까? 아닌 게 아니라 케틀벨 스윙 기본 동작을 배울 때마다 조금 답답했다. 내가 얼마나 허리를 굽히는지, 제대로 팔은 펴는지 확인하고 싶었다. 그리고 여태 버리지 못한 욕구, 운동으로 날씬하게 변하리라 내심 기대하는 내 몸을 보고 싶었다.

최현진 관장님에게서 돈오점수급 답이 돌아왔다.

"거울 안 봐도 돼요. 거울 보려고 시선 엄한 데 두고 운동하면 다칩니다. 제 설명이랑 시범을 잘 보세요."

답을 듣고 보니 그랬다. 거울을 보면 동작을 제대로 할 수 없다. 케틀벨 기본 스윙 중 하나인 양손 스윙을 시작할 때는 허리를 약간 굽히게 된다. 그러다 보면 시선은 자연스럽게 케틀벨이 놓인 곳에서 그리 멀지 않은 바닥을 향한다. 그런데 이 동작에서 시작 자세를 검토하겠답시고 거울을 쳐다본다면? 고개를 들면 가슴 부위가 들리고, 굽힌 허리 자세를 유지하려다 보니 과하게 허리를 꺾게 된다. '과신전'(관절각이 180도를 넘은 상태)이 되는 원인 가운데 하나다. 여기서 그치는 게 아니다. 상체가 들리면서 몸통에 힘이 제대로 들어가지 못한다. 케틀벨과 바벨 운동을 가르치는 곳에 거울이 없는 이유는 이렇게 당연한 것이었다.

거울이 없는 부가 효과는 더욱 컸다. 거울 속에 내가 보이지 않으니, 내 몸의 '모양'에 집중하지 않게 되었고, 더불어 '가녀린 몸을 갖고 싶다'는 욕망도 옅어졌다. 남에게 어떻게 보이는지 더더욱 개의치 않게 됐다.

"운동하는 분들 각자 목적이 있겠지만, 케틀벨이나

바벨로 근력 운동을 한다고 무조건 살이 빠지는 건 아니에요. 그런 목적이 있으면 따로 식이 조절도 해야겠죠."

수많은 다이어터 소비자를 포기한 최현진 관장님의 말씀이다. 그는 회원들의 다이어트에는 관심이 없다. 그의 방향성을 확인하고 나니 더욱 자유로워졌다. 거울 프리존, 그곳에 진짜 자유가 있다.

체력, 수면 건강부터 챙깁시다

불면의 가장 큰 적은
'불면에 대한 두려움'

몸과 마음이 힘들던 때, 가장 큰 괴로움은 '잠'이었다. 제대로 잘 수가 없었다. 잠들기 어려운 날에는 검색을 시작했다. '잠 오게 하는 호흡법' '수면 유도 백색소음' 다 소용없었다. 며칠 고생하다 약(나의 경우 일반 의약품) 먹기를 반복하는 삶이 이어졌다. 나는 수면 건강을 위해 하지 말아야 할 행동을 정확하게, 하나도 빼놓지 않고 하고 있었다.

> "2030 세대는 수면장애를 유발하는 병이 없는데도 과도하게 정보를 찾고, 그 정보를 실제로 적용해 불면증을 만성화하는 경우가 많다. 끊임없이 잘 자기 위해 관심을 갖는 것 자체가 수면에 해가 된다."

전홍준 건국대병원 정신건강의학과 교수의 설명이다.

> "불면증은 세 가지 요인이 상호작용을 하며 나타난다. 그

가운데 '지속 요인'이 있다. 대표적인 사례는 '자려고 과도하게 노력하는 것'이다. 그렇게 정보를 찾고 효과가 입증되지 않은 약을 먹어서 일시적인 불면증을 만성적인 수면 장애로 만드는 경우가 많다."

잠과 관련한 착각 또는 오해도 잘못된 자가 진단과 자가 처방을 불러온다. 주민경 신촌 세브란스병원 신경과 교수는 수면 위생(잠자기 위한 생활습관)을 건강하게 만들기에 앞서 손쉽게 약을 먹는 것을 우려하며 다음과 같이 지적한다.

"자는 동안 뇌는 스위치가 꺼지는 게 아니라 여러 가지 일을 한다. 이게 회복과 관련한 프로세스여서 뇌가 오히려 잘 돌아가야 한다. 그런데 항히스타민계의 일반 의약품 진정제나 수면 유도제는 감기약을 먹고 졸리게 되는 것과 비슷한 효과가 있다. 이런 의약품은 원칙적으로 자는 동안 정상적인 수면 프로세스와 뇌의 활동을 방해한다."

전홍준 교수는 '수면 부족'과 '불면증'을 혼동하는 것을 경계했다.

"젊은 성인들은 노인보다 늦게 자고 늦게 일어나는 일주기 타입을 갖는 경우가 많다. 그런데 출근과 등교 등으로 사회 환경은 아침형에 맞춰져 있다. 이렇게 사회 리듬과 개인 리듬이 안 맞아서 생기는 수면 문제가 젊은 성인에게 흔하다."

잠이 부족한 채로 사회생활을 하다 보니 현대인들은 카페인을 과다 섭취하고, 카페인 때문에 쉽게 잠들지 못하는 것을 불면증이라고 '착각'하게 된다는 것이다.

그렇다면 수면 위생, 즉, 잠자기 위한 바른 습관을 들이려면 어떻게 해야 할까? 일반적으로 알려진 밤 11시 전에 잠들고, 최소 7~8시간을 자면 될까? 전홍준 교수의 답은 "아니다"이다.

"하루에 몇 시간 이상 자야 한다, 몇 시부터 몇 시까지 꼭 잠을 자야 한다 같은 정보가 미디어를 통해 전해지면 수면에 큰 문제가 없는 사람들이 갑자기 많이 병원을 찾는다. '8시간을 자야 건강하다는데 나는 7시간밖에 못 잔다'는 식이다. 충분한 수면 시간은 사람마다 다르다. 마치 칼로리 같은 것이다. 수면 시간대도 사람마다 다르다. 정해진 시간은 전혀 없다."

주민경 교수는 수면장애 치료법으로 '인지행동치료'의 한 방법을 소개했다.

"'하룻밤 정도는 안 자도 된다'고 생각을 해야 한다. 스스로 세뇌하는 거다. 2030 세대인 경우 잠을 좀 설치더라도 큰 문제가 생기지 않는다. 잠을 못 자면 일을 제대로 못할까 봐 또 걱정을 한다. 그런데 생각보다 일을 잘할 수 있다. 그런 경험을 하고 나면 잠을 못 잘 것이라는 공포에서 벗어나게 되고, 불면의 두려움을 이길 수 있다."

3

여기, 여자들의 운동장

"치익!" 거친 숨소리 이제 놀라지 않아

동네 헬스클럽에 다닐 때의 일이다. 트레이드밀 위에 올라 시속 6킬로미터 정도로 빠르게 걷는데 어디선가 들려오는 소리. "치익!" "헙!" 도대체 이 소리는 뭔가?

걷기를 마치고 헬스클럽을 한 바퀴 둘러보는데 여기저기서 그 소리가 났다. "치익치익!" "헙" "흐업" 기구 운동이나 바벨 운동을 하는 다른 회원들이 내는 소리다. "치익"은 크게 숨을 내뱉을 때 나는 소리, "헙"은 바벨을 바닥에서 들어 올리기 전에 내는 기합 소리였다. 여간 거슬리는 게 아니었다.

"어이구, 운동은 자기들만 하나? 저렇게 꼭 티를
내면서 해요."

눈을 가느다랗게 뜨고 구시렁대며 샤워장으로 향했
다. 그 소리가 불만스럽기만 한 것은 아니었다. 궁금하기
도 했다. 그러다 헬스클럽에서 기구 운동을 하더라도 여
자들은 그렇게 하지 않는다는 걸 깨달았다. 적어도 내가
그때까지 보고 들은 바로는 그랬다. 올림픽 경기에 출전
하는 여자 역도 선수가 내는 기합 정도만 들어봤을 뿐이
었다. 궁금증을 해결할 방법은 따로 없었다. 그렇게 치익
소리는 유난스럽게 운동하는 티를 내는 사람의 증표로
남았다.

그로부터 2년 뒤 나는 정확하게 같은 소리를 내고
있었다. 가장 먼저 내게 된 소리는 역시 "치익!". 처음에는
그 소리를 내는 게 너무 부자연스러웠다. 부끄럽기도 했
다. 관장님이 "더 강하게 내쉬세요!"를 외쳐도 어쩐지 소
리는 자꾸만 작아졌다. 헬스클럽에서 듣기 싫은 소리였
는데 그걸 내가 내고 있다니.

"치익, 치익" 굳이 이렇게까지 소리를 내야 하는 것인가. 나만 어색해하는 게 아니었다. 그 소리를 처음 내보는 사람들은 대부분 갸웃거리거나 쑥스럽다는 듯이 웃는다.

근력 운동을 3년 넘게 하다 보니, 이제는 치익 소리가 너무도 자연스럽다. 자연스러운 걸 넘어서 굳이 소리내지 않아도 되는 순간에도 습관처럼 "치익!" 숨을 내쉰다.

운동 전도사가 되어 여기저기 근력 운동 권장 캠페인을 하고 다닌다. 그 첫 단계로 케틀벨 스윙이나 바벨 데드리프트 동영상을 보여준다. 그럴 때면 친구들이 묻는다.

"우아! 이거 몇 킬로그램이야? 근데 이 압력솥
김빠지는 소리는 뭐야?"

크게 웃었다. 맞다! 바로 그 소리다! 압력솥 김빠지는 소리! "치익, 치이이익" 정확하다!

"치익!"의 정체는 단순한 '소리'가 아니다. 그리고 당연히 남자만 내는 소리도 아니다. 그 정체는 '파워 브리딩'이다. 간단히 말해 파워(힘) 있게 브리딩(숨쉬기) 하기. 고강도 근력 운동에서 빠질 수 없는 부분이다.

나는 그동안 운동 동작을 할 때 바깥으로 드러나는 몸의 움직임만을 주력해 보았다. 그러나 호흡기의 움직임과 숨쉬기는 근육과 뼈의 움직임만큼이나 중요했다. 숨을 크게 들이마셔 고강도 운동을 하는 내 몸에 평소보다 더 많은 산소를 공급하고, 더 많은 이산화탄소를 내뱉어야 한다.

파워 브리딩을 제대로 안 하고 고강도 근력 운동을 하다가는 머릿속이 새하얘지고, 어지러워지는 경험을 할 수 있다. 그리고 자꾸 하품을 하게 된다. 몸속에 산소를 충분히 공급하지 않아 생기는 일들이다. 운동을 제대로 하게 되면서 숨에 대해서도 알게 되고, 이제는 숨소리만 들어도 무슨 운동을 하는지 알 정도다.

"치익!"은 주로 케틀벨 스윙을 할 때, "치이이익!"은 주로 팔을 완전히 펴서 케틀벨을 머리 위 높이까지 밀어

올리는 '밀리터리 프레스' 동작을 할 때 낸다. "쉬익" 하고 살살 조그맣게 내던 나의 숨소리는 이제 날카롭고 강한 "치익!!!"으로 바뀌었다.

"헙!" 소리는 근력 운동을 시작한 지 2년쯤 되던 시점에 내게 됐다. "치익!"보다 한참 뒤늦게 시작했다. 나도 모르게 낸 소리였다. 데드리프트 1RM을 측정하는 날이었다. 내본 적 없는 소리를 내지르고는 나도 지레 놀랐다. 그러나 웃지는 않았다. 1RM 측정은 다소 긴장된 분위기에서 진행되기 때문이다. 1년에 단 2회 1RM을 측정한다. 그러니 그 누가 어떤 희한한 소리를 내더라도 웃을 수 없고 웃기지도 않다.

"헙!" 이것은 기합이기도 하고, 아니기도 했다. "들 수 있다!"라는 말 대신 내지르는 기합! 거기에 더해 또 하나의 기능이 있었다. 아니, 이게 더 중요하다.

데드리프트를 할 때는 허리의 안정성이 아주 중요하다. 되는 대로 허리를 움직였다가는 부상의 위험의 크다. 온몸 특히 배 근육부터 엉덩이, 허벅지 근육까지 힘을 있는 대로 끌어모아 쓴다. 이때 들숨을 마시며 배에 힘을 불어넣는다. 그래야 안정적인 자세를 유지한 채로 배와 허리 근육의 힘을 제대로 쓸 수 있다. 이때 "헙!" 소리가 절로 나오는 것!

들 수 있는 바벨 중량이 100킬로그램을 넘어가면서 "헙!" 소리는 숨쉬듯 자연스러워졌다. 나뿐만 아니라 체육관의 다른 회원들도 저마다의 "헙!"이 있다. 어떤 회원은 "흡!", 어떤 회원은 "허!", 어떤 회원은 "합!". 그리고 이들은 대부분 여자다.

"치익!"과 "헙!"을 여기저기서 내지르는 여자들을 보고 있으면 어쩐지 짜릿하다. 누가 우리에게 그렇게 소리 내지 말라고 한 건 아니었지만, 유난스럽게 운동하는 남자들의 전유물 같았던 그 소리는 이제 열심히 운동하며 땀 흘리는 여자들의 소리이기도 하다. 오늘도 체육관에 압력솥 김빠지는 소리가 울려퍼진다. "치익!"

굳은살을 벗겨내며

"아얏!"

아침에 일어나 찬물로 세수를 하던 순간이었다. 무엇인가에 얼굴을 긁혀 눈물이 찔끔 날 정도로 아팠다. 내가 모르는 새 아직 농이 차지 않은 여드름이 올라왔나 살폈다. 그런 기미는 전혀 없었다. 미스터리다. 손바닥에 묻은 이물질인가 싶어 손을 흐르는 물에 헹구고 다시 얼굴에 물을 끼얹었다.

"아이씨!" 신경질이 날 정도로 아파서 손바닥을 살폈다. 그리고 거기에 있었다. 굳은살의 일부가 거스러미처럼 올라온 것을. 어이가 없어서 찔끔 눈물과 함께 웃음이 났다. '나도 참 징하다. 이렇게 된 줄도 모르고.'

굳은살. 피부에 압력이나 마찰이 반복되었을 때 바깥쪽 피부가 굳어져서 생긴 살. 바벨과 케틀벨로 운동을 하면 피할 수 없다. 바벨로 훈련을 할 때는 하루에 많게는 40번의 데드리프트를 하게 된다. 케틀벨 동작을 훈련할 때는 하루에 100번 이상의 스윙을 하는 게 다반사다.

운동을 시작하고 처음으로 손바닥의 굳은살을 발견했을 때 묘한 성취감을 느꼈다. 아, 내가 이 정도로 열심히 했구나 하는 그런 느낌!

"야, 너 이거 만져볼래?"

친구들에게 손바닥의 굳은살을 만져보라며 자랑했다. 내 앞에서 놀라는 척은 해도 대체로는 아무 관심이 없는 눈치다. 그런데도 꿋꿋이 굳은살 자랑과 근력 운동 권유를 멈추지 않았다.

굳은살이 점점 두꺼워지자 발바닥 굳은살을 제거하

는 칼로 긁어내기에 이르렀다. 굳은살과 여린 살의 높이 차이가 심하면 물집이 생기고, 그 물집이 터지면 제대로 운동을 할 수 없어서다. 그 칼을 처음 써봤을 때는 '좌식, 너 좀 멋있다'라고 혼, 자, 생각했다(굳은살 벗겨내는 걸 까 먹는 때가 있어서 요즘에는 이 칼을 항상 갖고 다닌다).

굳은살이 겹겹이 더해질수록 내 근육과 근력도 한 겹 더 성장하는 느낌이다. 굳은살에 이어 물집까지 잡히 고, 물집이 터지는 그 순간의 묘한 성취감이 정점을 찍었 다. 그러나 그것은 착각이었음이 밝혀졌다. 최현진 관장 은 물집이 생겨 손에 상처 나는 것을 경계했다.

"동작을 제대로 못하니까 손바닥이 까지는 거예요. 잘하면 그렇게 안 까집니다."

굳은살이 사라지면 이제 불안하다. 손바닥에 마찰과 압력을 가하지 않은 채 2주 정도가 지나면 굳은살은 눈에 띄게 말랑해진다. 좋은 신호가 아니다. 운동을 그만큼 쉬 었다는 뜻이니까. 손바닥의 굳은살이 사라지고 부드러워지면 한숨을 푹 내쉬게 된다.

매끄러운 손바닥은 몸이 초기화된 증거나 다름없다. 초기화된 근육에 자극을 주면 운동을 처음 시작할 때만큼이나 근육통에 시달려야 한다는 뜻이니, 매끄러운 손(바닥)이 반갑지가 않다. 섬섬옥수는 가라!

그런데 코로나19 팬데믹(대유행)으로 강도 높은 사회적 거리 두기를 하는 요즘, 3주 이상 체육관에 못 가게 되면서 손바닥의 굳은살이 점점 얇아졌다. 부디 굳은살이 다 사라지기 전에 코로나19가 수그러들길 바라고 또 바란다. 굳은살이 있는 삶을 원한다.

굳은살이 겹겹이 더해질수록
내 근육과 근력도
한 겹 더 성장하는 느낌이다.

섬섬옥수는 가라!

꺼지지 않는 호승심

나는 내가 그리 궁금하지 않았다. 호기심은 밖으로만 뻗쳤다. 내가 관계 맺은 사람과 사회를 때로는 현미경, 때로는 망원경으로 들여다봤다. 대학에 입학하면서부터는 이 궁금증이 '폭발'했다. 과장이 아니다. 학업, 학위와는 영 거리가 멀었지만 궁금한 건 닥치는 대로 배웠다. 팽창하는 우주처럼 한없이 밖으로만 확장하던 호기심이 그때 방향을 틀었다.

운동을 시작하면서부터 비로소 내가 궁금해졌다. 나의 한계가 궁금해졌고, 내가 무엇을 좋아하는지, 싫어하는지, 지루해하는지, 나에게 집중하기 시작했다. 답은 쉽게 얻을 수 없었다. 답은 어쩌면 중요하지 않았다. 스스로에게 질문을 던지고 궁리하기. 그 자체가 하나의 여정이었다.

내 몸, 내 움직임을 하나하나 느끼기 시작했다. 뇌의 지시가 있으면 근육과 관절의 협동 작전으로 온갖 움직임을 소화했다. 나는 지루하리만큼 반복하는 운동 동작을 꽤 좋아했고(내가 이럴 줄 정말 몰랐다), 공을 갖고 하는 운동이나 팀 플레이는 별로 좋아하지 않았다(이 또한 언제 바뀔지 모르지만).

내 마음도 들여다보기 시작했다. 마음에 관해서는 '나는 원래 이래' 딱 이 정도의 이해뿐이었다. 나는 원래 끈기가 없지. 나는 원래 좀 차갑지. 그런데 정말 '원래' 그런 걸까? 게다가 나는 왜 내 마음에 관해 부정적인 표현만 쓰고 있는 걸까? 운동을 하면서도 끝없이 나의 모자라고 나쁜 마음을 다그치는 데 익숙했다. '좀 더 성실해야 하는데' '좀 더 온 힘을 다하는 자세를 보여야 하는데' 평생 그런 태도였으니, 나를 다그치기는 정말 쉬웠다. 나를 칭찬하기가 어려웠다.

이런 마음에 변화가 일었다. 케틀벨 스윙과 데드리프트 등 다양한 근력 운동을 하면서 불끈 솟는 마음이 있었다. 승리욕, 이기고 싶은 욕구였다. 계속 성장하고 싶고, 그 성장을 바탕으로 더 나은 성과를 얻고 싶었다. 비교 대상이 있는 누군가를 이기고 싶은 마음은 아니었다. 그렇게 생각했다. 하지만 아니었다. 나와 비슷한 체격 조건에, 비슷한 훈련을 한 사람이 있다면 이기고 싶었다!

마음을 한 겹 들춰본다. '이기기 좋아하는 마음'을 들춰봤다. 그 마음은 들키면 안 되는 마음이었다. 나는 어릴 때부터 이기는 걸 좋아하는 아이였다. 달리기도 숨바꼭질도 이기는 게 좋았다. 어릴 때 처음 나가본 대회의 기억 속에서도, 나는 이기고 싶었다. 운동 실력을 겨루는 대회는 아니었다. 지방 학예회의 무용대회였다. 번듯한 무용학원 하나 없는 시골 마을 초등학교 1학년이던 나는 주말이면 인근 도시로 가서 처음 무용을 배웠다. 꼬박 두 달 정도를 배우고, 대회 전까지 학교에서 책상을 뒤로 밀어놓고 연습을 했다. 나무 바닥에서 발바닥을 쓰는 동작을 하다가 가시가 박혀 눈물이 찔끔 나고, 음악과 동작이 따로 놀기 일쑤였지만 일곱 살의 나는 열심히 했다. 대회에서 이겨서 꼭 상을 받고 싶었다.

내내 이기고 싶어하는 마음을 품고 살았지만 들키지 말아야겠다고 생각한 건 초등학교 고학년에 들어서면서부터였다. 아이들 사이에서 이기고 싶어하는 여자 어린이는 인기가 없었다. 아니, 그 정도가 아니라 대놓고 그 마음을 드러냈다가는 눈을 흘기거나 따돌림을 당했다. 똑같이 자신감과 승리욕을 가졌더라도 남자 어린이는 남자답다 응원받고, 여자 어린이는 여성스럽지 못하다 구박받았다. 선생님과 어른들도 '이기고 싶어하는 여자 어린이'를 반기지 않았다. 다른 사람들이 싫어하는 사람이 되고 싶지는 않았다. 깊숙하게 묻어두었다. 이기고 싶어하는 마음들을.

그 마음을 다시 꺼내놓은 건, 여자의 야망을 응원하는 체육관의 회원들 덕분이었다. 잘하고 싶어하고, 이기고 싶어하는 마음을 기꺼이 표현할 수 있는 사람들이 생겼다. 경쟁심과 승리욕을 부정하지 않는다. 그 바탕 위에서 온 힘을 다해 훈련하고, 성장하고, 실력을 내보였다.

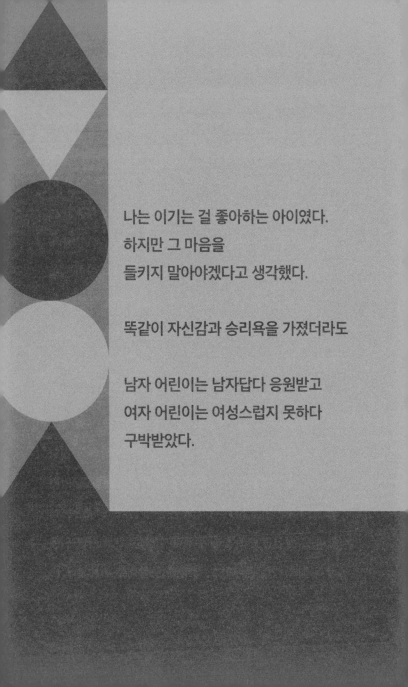

나는 이기는 걸 좋아하는 아이였다.
하지만 그 마음을
들키지 말아야겠다고 생각했다.

똑같이 자신감과 승리욕을 가졌더라도

남자 어린이는 남자답다 응원받고
여자 어린이는 여성스럽지 못하다
구박받았다.

데드리프트 1RM 기록을 잴 때면 체육관의 공기는 터질 것 같다. 아드레날린과 승리욕, 거친 날숨이 뒤섞여 팽팽해진 공기. 도전에 성공했을 때 터지는 함성과 박수만이 팽팽한 공기를 가른다. 그제야 웃음이 시원하게 터진다. 그 통쾌함과 짜릿함을 포기할 수 없다.

이제 다시는 마음을 묻어두지 않을 것이다. 나는 꾸준히 운동하고 훈련해서 누군가와 힘을 겨룬다면 그를 이기고 싶다. 야망이 생겼다. 이기고 싶은 야망은 나쁘지 않다. 다만 야망을 가지라는 말이 참 허황되다고 여길 때가 있었다.

'야망? 나도 갖고 싶지. 근데 야망 가진 여자들을 고깝게 보지 않던가?'

야망을 가진 여자들은 쉽게 공격하면서 그것을 부추기는 모순된 사람들에게 의문을 가졌다.

야망, 그런데 가져보니 참 신기하다. '나는 꼭 이룰 거야!'라는 다짐, 그것만으로도 약간의 에너지가 더 생겨

난다. 예전이면 웃어넘겨 버렸을 수많은 꿈과 야망을 끊임없이 나의 삶 속에 끌어다 놓는다. 언젠가는 이뤄내고야 말겠다는 운동 목표만 해도 서너 가지다. 더욱 강해진 몸이 든든하게 나를 받치고 있으니, 인생의 목표도 좀 더 거창해졌다.

이루지 못하면 어떠랴! 큰 야망을 품다 보면 그 절반쯤은 성취하겠지. 이런 마음이 나는 참 좋다.

다음 목표는 세계 20위!

"내가 체육을 전공했으면 메달 하나는 따지 않았을
까?"

체력과 근력에 대한 자신감이 치솟을 때 실없는 소
리를 하면 친구들은 별 수 없다는 듯이 "그래, 너는 금메
달 땄을 거야"라고 대답해준다. 비록 '답정너'지만 긍정적
인 반응에 금메달을 목에 건 상상의 나래를 펼친다.

그러다 정말로 기회가 왔다! 그것도 국내 대회가 아
닌 세계 대회에 나갈 수 있는 기회가! 파워존 합정의 운동
프로그램인 스트롱퍼스트는 1년에 두 번 대회를 연다. 엄

격하게 말하면 대회라기보다는 실력 측정 테스트. 하지만 직접 겪어보니 올림픽 결승전 못지않은 대회라고 말하기에 충분하다.

이름하여 'Tactical Strength Challenge'. 보통 줄여서 TSC라고 부른다. 초보자, 클래식, 경쟁, 마스터 이렇게 4개 부문이 있다. 모든 종목은 세 가지 테스트를 진행한다.

- 5분 케틀벨 스내치
- 오래 매달리기 또는 턱걸이
- 최대 중량의 데드리프트

전 세계에서 같은 날에 TSC가 열리고, 참가자들은 자신의 기록을 스코어 보드에 입력한다. 모든 테스트와 기록 입력이 끝나면 순위를 공개한다.

1등을 해도 아무것도 없다. 메달도 없다. 도대체 왜 이런 걸 하나 싶다. 그래서 스트롱퍼스트 프로그램을 접한 첫 1년 동안은 TSC에 관심이 없었다. 그러다 도대체 왜 하는지 답을 찾았다.

"당신이 어디로 가는지 모른다면, 어떤 길도 당신을
그곳에 데려다주지 못한다. 특정한 목표가 없다면 그
시간 동안의 훈련은 무작위 활동 모음에 불과하다."

TSC에 관한 스트롱퍼스트의 설명이다. 이 설명에
마음을 훅 빼앗겼다. 그래, 내가 어디로 갈 것인지를 정하
고, 그 길을 가자.

TSC에는 두 번 참가했다. 처음에는 초보자 12킬로
그램(스내치 테스트에 쓰는 케틀벨의 무게) 부문에 참가했
다. 12킬로그램 케틀벨 5분 스내치는 112개, 오래 매달리
기는 47초, 데드리프트는 111킬로그램. 두 번째 참가 때
는 초보자 16킬로그램 부문에 신청해 16킬로그램 케틀벨
88개, 오래 매달리기 41초, 데드리프트 120킬로그램의
기록을 세웠다.

이 숫자들보다 나의 뇌리에 깊이 박힌 건 TSC가 열
리는 공간의 분위기다. 도전과 실패와 성취와 좌절의 순

간이 쉴 새 없이 교차한다. 눈물도 있고, 웃음도 있다. 그 무엇보다 반짝이는 눈빛이 꽉 찬 그 공간에서 거칠게 숨을 몰아쉬고, 땀을 흘리고, 테스트가 끝나면 모든 힘을 쏟아낸 뒤에 그대로 주저앉는 사람들. 그들의 에너지가 내가 생각하는 TSC 매력의 전부다. 자신과의 싸움에 완벽하게 몰입한 사람들, 그들의 눈빛이 마음을 쾅쾅 두드린다.

내 최종 순위는 첫 번째 참가 때는 46T(T는 동점자가 있을 때 붙는다), 두 번째는 30T. 앞서 숫자에 연연하지 않는 삶을 살게 되었다고 했지만, 순위를 확인하고 아주 기뻤다. 수백 명이 참가하는 테스트에서 50위권 안에 들다니! 잠시 숫자에 연연해본다. 다음 목표는 초보자 16킬로그램 부문에서 20위권에 드는 거다. 나만의 올림픽, 정말 짜릿하다.

레슬링 원데이 클래스

파워존 합정에서는 다양한 원데이 클래스가 열리곤 한다. 관절의 가동성을 향상시키는 움직임을 가르쳐주는 클래스, 케틀벨이나 바벨을 갖고 딱 하나의 동작만 깊이 가르쳐주는 클래스 등이 열렸다.

그러다 레슬링 원데이 클래스가 열린다는 소식이 돌자마자 체육관 회원들은 술렁였다. 당연히 "에이, 레슬링 같은 건 안 해"라고 빼는 사람은 없었다. "레슬링? 재미있겠다!" 근력 운동으로 단련된 몸을 움직이는 데 거침이 없었다. 그동안 레슬링을 접할 기회도 많이 없었기에 다들 경험해보고 싶어했다.

레슬링 원데이 클래스의 강사는 체육관 회원 가운데 한 명이었다. 레슬링 여자 국가대표 상비군으로 활동하다가 그만둔 뒤에 트레이너로 일하는 분이었다. 체육관 사람들이 모여서 술을 마시다가 그가 레슬링을 전공한 걸 알게 되어 원데이 클래스를 열어달라는 요청이 빗발쳤고, 그에 응한 자리였다.

2019년 7월 어느 날. 열 명의 여자들이 한더위에 레슬링을 배우겠다고 모였다. 레슬링의 기본자세는 상대의 공격에 밀리지 않도록 서 있는 것에서 시작한다. 대체로 스쾃과 비슷하다. 다른 점은 무릎을 살짝 안으로 모으고, 두 팔은 구부린 채 가슴 앞에 모아야 한다. 나를 넘어뜨리려고 달려드는 상대를 방어하기 위한 자세다. 기본자세만 잡아보는 데도 등줄기에 땀이 흘렀다. 몇 가지 공격 동작과 그 공격에 대한 방어 동작을 한참 배웠다.

개인 운동과 달리 공격할 상대방이 있는 운동은 주짓수 이후로 처음이었다. 주짓수처럼 남을 제압해야 하는 운동에는 흥미도 소질도 없다고 결론을 내리고 살던 터였다. 그런데 도대체 왜일까. 왜 여자들끼리 하는 이 레슬링은 이렇게도 재미있단 말인가.

3인 1조로 동작을 연습했다. 그때 자꾸만 깨어나는 내 안의 열정 인간. 체육관 회원들은 그 열정 인간을 가리켜 '윱윱'이라고 부른다. 동방신기 '유노윤호' 이름을 줄인 말이다. 유노윤호로 말할 것 같으면 아침에 일어나자마자 자신의 노래를 틀어놓고, 두 눈을 이글거리며 무대 위에서 선보이듯 과격한 춤으로 하루를 시작하는 사람이다. '과잉 열정의 예'로 자주 소환되는 인물이다.

레슬링을 하던 그때 내 안의 윱윱이 깨어났다. 같은 조의 다른 2인은 내가 쉼 없이 동작 연습을 촉구하자, 곧 질려버린 표정이었다. 땀범벅인 얼굴에 핏기마저 사라진 그들은 고개를 절레절레 흔들었다.

"쌤, 너무 열심히 하시는 거 아니에요?"

웃고 있으나 두 눈은 퀭한 같은 조원이 말했다. 그런데 그들 역시 자기 안의 윱윱을 소환했음이 분명했다.

기본 동작 연습이 끝나고 짧은 레슬링 경기를 했다.

나는 다른 조의 사람과 경기를 하고, 같은 조의 다른 두 사람이 짝을 이뤘다. 힘들다고 나를 타박하며 넋 나간 표정을 짓던 사람들은 오간 데 없었다. 윷윷 두 명이 붙었다. 겨우 한 시간 반 남짓 배웠을 뿐인데 레슬링을 누구보다 재미있게 하는 조원들.

여기에 모인 모두가 레슬링 입문자이니 동작의 정확성 같은 걸 따질 겨를은 없었다. 그저 상대방에게 틈이 보이면 달려들고, 떼어내고, 밀어붙이는 게 다였다. 그게 너무 재밌었다.

평생 해본 적 없는 겨루기였다(주짓수는 너무 잠시 배워 겨루기를 못 해봤다). 여자라면 대부분 그럴 거다. 피구, 달리기, 농구 자유투 던지기, 배구 토스하기, 탁구 정도를 배우려나? 약 20년 전의 이야기임을 감안해주길 바란다. 어린이와 청소년 시기를 거치며 내 경우에는 온몸을 부딪치고 힘을 써가며 하는 운동을 해볼 기회가 전혀 없었다. 그런 사람들이 모여 레슬링을 해보니 움직임은 얼렁뚱땅 엉망진창인데도 '왜 나는 이런 재미를 이제야 알게 된 걸까'라는 아쉬움이 남았다.

원데이 클래스를 마친 뒤 참가자 여럿이 욱신거리는 몸을 이끌고 냉면을 먹으러 갔다. 준비한 열정과 체력을 모조리 소진해 헛웃음이 터지는 지경인데 그 와중에 누군가 말했다.

"다음 레슬링 원데이 클래스는 언제 열리나요?"

못 말리는 욿욿들이다.

여자들은 겨루기 운동을 해볼 기회가 별로 없었다.

온몸을 부딪치고 힘을 쓰며 운동하는 기회가.

그런 사람들이 모여 레슬링을 해보니

움직임은 얼렁뚱땅 엉망진창인데도

뒤늦게 이 재미를 알게 되어 아쉬울 지경이었다.

상대방에게 틈이 보이면

달려들고, 떼어내고, 밀어붙이는 게 다였다.

그게 너무 재밌었다.

여자들의 크로스핏 '움직여'

이제 우리는 여자들의 운동장이 주어질 때까지 기다리지 않는다. 직접 나서서 만든다.

크로스핏. 맨몸 근력 운동을 비롯해 역도와 케틀벨 등 여러 종류의 운동을 짧은 시간에 고강도로 하는 운동이다. 2011년, 국내에 크로스핏이 소개된 지 얼마 지나지 않았을 때 취재를 한 적이 있다. 그때 '크로스핏 박스'(크로스핏을 하는 체육관)에는 여성이 거의 없었다. 최근에 들어서야 '강한 몸'을 추구하는 여성 크로스피터가 등장했고 그들의 커뮤니티가 생기기에 이르렀다. 그 이름은 '움직여'!

'움직여'는 '여성 크로스피터 커뮤니티 활성화와 즐거운 기부 문화 만들기를 위한 운동모임'이라는 설명을 내걸었다. 2019년 9월 시작해 서울, 대구, 광주, 수원 등 전국 곳곳에서 매달 움직여 행사가 열렸고 여성 크로스피터들 사이에서 인기가 높았다. 움직여 참가 신청은 인스타그램 계정(@move_crossfitter)으로 공지하는데 매회 신청자 모집이 금세 완료됐다는 공고가 올라오곤 한다.

꾸준히 성황을 이루며 2020년 4월에 여성 크로스피터들의 대회 '움동회'(움직여 운동회)를 준비했으나 코로나19로 잠정 연기되었다. 상황이 개선되는 대로 움동회를 열 계획을 갖고 있다. 하루빨리 열리기를 고대한다.

움직여를 만든 사람들은 이윤주, 신경해, 서하얀 코치. 역시 여성들이다. 크로스핏 선수이자 지도자인 세 사람은 같이 밥을 먹다가 우연히 나온 아이디어에서 시작해 기대 없이 실행했는데 반응이 좋아 신이 났다고 한다.

"이제는 크로스핏 박스에서 먼저 우리에게 연락해 '움직여' 한번 열자고 제안하기도 한다."(서하얀)

이윤주 코치는 국내 크로스핏 대회에서 여러 번 1위에 오른 유명 크로스피터다.

"크로스핏 계에서 우리의 인지도를 이용해 여성 커뮤니티를 만들고, 그걸 이용해 좋은 일도 한번 해보고 싶었다."

움직여를 취재하기 위해 크로스핏 박스를 찾았을 때 익숙한 기운이 느껴졌다. 오직 운동과 움직임에 집중한 사람들이 모여서 만드는 기운.

내가 찾은 날 움직여의 '와드'Workout Of the Day는 맨몸 스쾃, 턱걸이, 케틀벨 스윙, 버피, 박스점프의 다섯 가지 운동을 1분씩 각자 할 수 있는 만큼 최대 횟수를 하고, 2분 동안 휴식하기를 3회 반복하도록 구성됐다(참고로 버피는 ① 허리를 펴고 선 자세에서 무릎이 가슴 쪽으로 오도록 상체를 숙이고, ② 양손으로 바닥을 짚고 양다리를 점프하듯이 뒤로 쭉 뻗은 다음, ③ 다시 한 번에 다리를 점프하듯이 앞으로 당기면서, ④ 처음과 같이 일어서는 동작. 박스점프는 스콧 자세처럼 몸을 숙인 뒤에 일정한 높이의 박스 위로 뛰어오르는 동작. 둘 다 고강도 전신 운동이다).

그날의 참가자는 스무 명. 그들의 눈빛에서 긴장감과 해내고 말겠다는 의지가 동시에 느껴졌다. 참가자들의 자세를 살펴보고 세심하게 지도하는 세 명의 코치도 덩달아 신나 보였다. 그러나 움직여가 시작된 데에는 신나지만은 않은 배경이 깔려 있었다.

"크로스핏이 일반적으로 남성 성향이 강하다고 알려져 있다. 그러다 보니 국내 크로스핏 대회 중에는 남성만 참가할 수 있는 대회가 생겼다. 그걸 보고 '여자들도 크로스핏 대회 재미있게 할 수 있는데'라는 생각을 했다. 우리도 여자들만 참가하는 대회를 만들 수 있지 않을까 했다. 당장 만들기는 어렵겠다 싶어서 '움직여'를 기획하게 됐다. 또 운영자들도 즐겁게 하고 싶어서 하는 거니 돈을 벌기보다는 참가비를 뜻있는 곳에 기부하면 좋겠다는 의견이 모였다."(신경해)

이렇게 해서 모은 돈을 한국여성민우회 등의 단체에 기부했다.

여자, 근육 그리고 크로스핏. 움직여는 이 세 단어의 조합이 아무렇지 않게 여겨지는 날을 고대한다.

"운동하러 와서 근육 생기냐고 묻는 분들이 여전히 많다. 하지만 그런 분들도 크로스핏 같은 운동을 하다 보면 성취감을 느끼면서 몸에 관한 인식이 바뀌는 걸 목격한다."(서하얀)

"여성들이 보이는 것, 보는 것에 신경 쓰지 않고 운동에 집중할 공간이 필요하다고 느낄 때가 있다. 여성들이 거칠 것 없이 재미있게 운동하는 공간을 소망한다."(이윤주)

크로스핏은 보통 여자들이 도전하기 어려운 '빡센' 운동이라고 생각하는 사람들이 많다. 하지만 움직여의 코치들은 크로스핏으로 '생활 체력'을 기르게 된다고 강조한다. 마트나 시장에서 먹고 싶은 걸 잔뜩 사도 거뜬히 들 수 있는 체력, 일터에서 자신의 일을 열심히 할 수 있는 체력 말이다.

세 명의 코치들은 근육이 튼튼한 할머니가 되는 게 꿈이다.

"예순 넘어 세계 크로스핏 대회에 나갈 거다."(신경해)

"쉰에 물구나무서서 걷기가 목표다."(이윤주)

"백 살에 버피 100개를 꼭 성공하고 싶다."(서하얀)

할머니 크로스피터들이 서로의 체력을 겨루며 웃고 떠드는 크로스핏 박스를 상상해보니 절로 웃음이 난다.

모두의 넷볼, 빼앗긴 운동장을 찾아서

내가 경험해본 거의 유일한 팀 스포츠는 피구다. 죽이거나 죽임을 당하거나, 그게 전부였다. 테니스 선수였던 같은 반 친구가 던진 공을 이마에 정통으로 맞아 쓰러지다시피 했던 기억. 잊히지 않는 피구의 기억이다.

SNS에서 각자 경험한 피구의 아픈 기억을 털어놓는 사람들이 있었다. 이야기는 여기서 그치지 않았다. 피구가 아닌 다른 팀 스포츠 소개로 이어졌다. 바로 '넷볼'이다. 넷볼은 1800년대 말 영국에서 여성 전용 팀 스포츠로 시작됐다. 일곱 명이 한 팀을 이루는 넷볼은 두 팀이 겨루는데, 패스로 공을 옮겨 상대 팀 골대에 공을 넣는 스포츠다.

이 왁자지껄한 이야기의 중심에 '모두의 넷볼'이 있었다. 여성들을 위한 지역 기반 넷볼 커뮤니티로 초등성평등연구회 소속 김은혜, 박덕현, 서한솔 교사가 운영하는 모두의 넷볼은 초등학교 교사, 예비 교사, 성인 여성에게 넷볼을 알려주는 강습회를 열었다.

"나도 피구밖에 못 해봤다. 다른 팀 스포츠를 해보고 싶어서 축구를 배우러 간 적이 있는데, 거기서는 또 '축구가 살 빼준다'는 식으로 이야기를 하더라. 그러던 차에 넷볼을 알게 됐다."(김은혜)

"여성 팀 스포츠는 어느 정도 있지만, 여성주의 관점으로 이뤄지는 스포츠는 거의 없다. 다들 일반 여성 스포츠클럽에 갔다가 '연애할 시간에 왜 여기에 와 있냐' 등의 이야기를 듣곤 했다. 그래서 여성의 몸 활동에 관심을 가진 페미니스트들이 함께한다면 좋겠다고 생각했고, 실제 그렇게 모이게 됐다."(서한솔)

모두의 넷볼이 운영하는 트위터 계정은 '피구를 넘어서'(@netball4every1)라는 이름을 달고 있다. 여전히 여성 어린이와 청소년에게 가장 익숙한 팀 스포츠는 피구가 유일한 실정이다.

"축구에서 골을 넣는 경험과 피구에서 상대 팀을 맞춰 아웃시킨 경험이 똑같을까? 아니더라. 축구를 하다 골을 넣으면 세리머니를 하고 즐거워한다. 그런데 피구에서 상대 팀을 너무 센 공으로 때려 맞히면 미안해한다. 넷볼은 이런 부분에서 완전히 다르다. 공을 만지는 경험 자체만 놓고 봐도, 넷볼이 피구보다 참가자들이 공을 만지는 횟수가 훨씬 많다. 참가자들이 공을 갖고 경기할 수 있는 기회를 더욱 고르게 가질 수 있는 스포츠가 바로 넷볼이다."(서한솔)

"넷볼은 포지션마다 움직일 수 있는 공간이 정해져 있다. 무조건 선수끼리 패스를 하면서 골을 향해 가야 한다. 한 명의 스타플레이어가 질주할 수 없는 스포츠다. 그리고 각 포지션은 참가자의 신체 여건에 따라 선택할 수 있다. 경기 참여도가 이런 식으로 높아진다."(박덕현)

"넷볼은 공을 가진 사람은 움직일 수 없고, 공을 가진 사람을 수비할 때는 90센티미터 떨어져 있어야 한다는 규칙이 있다. 이런 점은 또 농구나 축구 같은 팀 스포츠와 다른 점이라고 볼 수 있다."(김은혜)

어릴 적 초등학교 운동장은 남학생들 차지였다. 여학생은 한쪽에서 피구를 하거나 고무줄놀이를 했다. 꽤 많은 시간이 흘렀지만, 운동장 풍경은 바뀌지 않았다. 오히려 운동장에서 뛰노는 여학생들은 더욱 적어지고 있다.

"여학생들은 몸을 움직이기보다 꾸밈에 더 많은 신경을 쓴다. 고학년이면 남들의 시선을 많이 의식하게 되는데, 남자는 '운동'을 잘해야 하고, 여자는 잘 꾸며야 한다는 기준을 놓고 본다. 그렇게 되면 여학생

들은 운동과는 점점 더 거리가 멀어지게 된다."(김은혜)

이런 현실에서 넷볼은 몇몇 학생들에게 중요한 변화의 계기가 되기도 했다. 다이어트를 하던 아이들이 땀 흘리고, 운동하고, 밥을 더 먹게 됐다. 박덕현 교사의 실제 경험이다.

"꾸미는 데 너무 강박적인 학생이 있었다. 자신의 몸을 외적인 기준에 맞춰 평가하는 게 습관화됐던 아이였다. 그런데 그 친구가 넷볼을 한 뒤 '더 잘하고 싶다'면서 점심에 밥을 더 먹기 시작했다. 원래 한 그릇도 다 안 먹던 아이였다."

'모두의 넷볼' 강습회에는 넷볼을 배워서 아이들에게 알려주려는 선생님들이 여럿이다. 그게 첫 목적이었다가 어느새 성인 팀을 꾸려 놀 궁리를 한다. 한 선생님은 실토했다.

"실제로 해보니 정말 재미있어서 성인 팀을 꾸려보고 싶다는 생각을 했다. 나도 이런 팀 스포츠를 즐길 수 있구나 싶었고, 오래 해보고 싶다는 생각이 들었다. 모두의 넷볼 쪽에 강습 뒤 계속 경기를 할 수 있는 성인 팀을 만들어달라고 요청했다."

여자들은 이렇게 빼앗긴 운동장을 찾아나선다. 즐겁게 그리고 강하게!

이제 우리는 여자들의 운동장이 주어질 때까지

기다리지 않는다. 직접 나서서 만든다.

팡팡 터지는 재미, 여자 배구

"휙!" "팡!" "와!"

프로 여자 배구의 인기가 거침없이 치솟았다. 중계 방송 시청률이 남자 경기를 뛰어넘었다. 만석 관중 사례는 다반사다. 그런데도 프로 여자 배구 선수들의 임금이 남자 선수들의 절반에 그치는 건 분통 터지는 일이다!

여자 배구의 폭발적인 인기는 우연이 아닌, 다양한 요소의 화학 작용이 일어난 결과다. 첫 번째, 최고의 인기를 누리는 배구 황제 김연경 선수의 등장과 이어지는 신진 스타 선수들의 탄생. 두 번째, 눈을 뗄 수 없을 정도로 흥미로운 경기 내용. 세 번째, 전통적인 여성상이 아닌 '강한 여성'의 면모를 제대로 보여준다는 점.

여배(여자 배구) 덕후 중에서도 취재하면서 만난 강송희 씨의 입덕 계기가 인상적이었다.

"미디어에 노출된 여성 대부분은 수동적이고, 예뻐야 하는 존재다. 그런데 리우올림픽 때 여자 배구 경기를 보고 승부욕을 불태우는 세계가 남성들만의 것이 아니라는 걸 깨닫게 됐다."

여자 배구하면 프로 선수들의 화려한 움직임을 떠올리지만, 한국에는 유구한 역사의 '어머니 배구' 리그가 있다. 이들의 실력을 만만하게 봐서는 안 된다. 그들의 스파이크는 강렬하다.

"올해로 29년째 배구를 하고 있다."

'남양주어머니배구단' 창단 멤버이자 고문인 오영숙

씨를 취재한 적이 있다. 29년이라는 세월에 놀랐는데, 나이를 듣고 더 놀랐다. 그의 나이 일흔. 나이에 관한 선입견을 가지지 않겠다고 다짐하지만, 잘 지켜지지 않는다. 어머니배구단에 40~50대는 많겠지만, 60~70대 여성들이 있을지는 의문이었다. 그런데 일흔의 선수가 멋지게 배구를 한다. 그것도 아주 열정적으로!

　남양주어머니배구단은 일주일에 두 번씩 두 시간 훈련을 한다. 생활체육이나 취미로 배구를 한다고 '대충' 할 거라는 생각 역시 접도록 하자. 긴장감이 놀랍도록 팽팽하다. 당연하지만, 어머니배구단에는 배구의 모든 게 있었다. 예리한 서브, 강력한 스파이크, 몸을 던지며 공을 받아내는 수비……. 그 활기 넘치는 동작도 멋지지만, 탁구나 배드민턴 같은 다른 생활체육과는 확실히 달랐다.

　가장 멋진 건 완벽한 팀을 이뤄 치르는 경기라는 점이다. 헬스클럽에서 혼자 하는 운동이 지루해진 사람들은 그래서 배구장으로 모여든다. 땀 흘리고 부딪치고, 거침없이 승부욕을 내비치며 연습 경기에 임하는 어머니배구단을 보면 그동안 여성과 노인에게 가졌던 모든 편견을 곧장 떨칠 수 있다.

남양주어머니배구단의 연습 경기를 참관하는데 갑자기 누군가 "죽여!"를 외쳤다. 강한 스파이크를 때리라는 응원 구호였다. 그 말을 외친 사람도, 듣는 사람도 호쾌하게 웃으며 그간의 스트레스를 날린다.

"욕심이 생긴다. 코트 밖에서는 몰라도 안에서는 이기고 싶어하는 욕심이 솟는 걸 느낀다. 덩달아 일상에서도 열정이 생기는 것 같다."(김은진)

"나이스 서브! 나이스 서브! 남양주 파이팅! 이렇게 파이팅 외치는 건 필수다. 팀워크는 분위기고, 그걸 좋게 만드는 데 이만한 게 없다."(차홍복)

남양주어머니배구단원들의 경력을 다 모으면 200년은 족히 넘는다. 배구를 시작한 지 한 달 된 사람도 있지만, 20년을 훌쩍 넘는 경력의 단원이 여럿이다. 20년 경력 김명해 회장의 말이 인상적이었다.

"30대에 어머니배구단에 가입했을 때는 마흔 살까지 만 하려고 했다. 그런데 이게 중독성이 강하다. 그만 둬야지, 둬야지 하는데, 안 된다. 몸이 아프다가도 배 구를 하러 나오면 안 아플 정도다."

여자 배구는 프로 경기가 전부가 아니었다. 실제로 본 어머니배구단의 경기는 연습 경기인데도 긴박감이 넘 쳤다. 프로 배구 시즌이 끝나면 덕후들은 갈 곳을 잃는데, 아쉬운 마음을 멋진 실력의 어머니배구단 경기를 보며 달래봐도 좋겠다. 프로 선수들의 화려한 플레이도 멋지 지만, 어머니 선수들의 연륜과 지혜 넘치는 플레이도 기 대할 만하다.

죽여!

안전한 운동 공간들

운동할 데가 마땅치 않아서 운동을 못한다는 건 핑계처럼 들릴지도 모른다. 역세권 근처 상가를 쭉 훑다 보면 눈에 걸리는 스포츠센터만 해도 각양각색이다. 그런데 여기에 '여성'에게 '안전'하고 '편안할 것'이라는 조건을 붙이면 이야기가 달라진다. 그런 곳? 단언컨대 거의 없다. 여성이 타인의 시선과 평가로부터 안전하고 편안한 공간. 꼭 운동 공간이 아니라도, 이 사회에서 그런 공간을 찾기란 아주 어렵다.

다행스럽고 희망적인 건, 드물지만 그런 운동 공간들이 하나둘 생겨나고 있다는 사실이다. 1년 넘게 여성들이 자유롭고 안전하게 몸을 움직일 수 있는 공간을 샅샅이 찾아 헤맸다. 그렇게 발견한 공간과 모임을 기사에 소개하기도 했다. 대부분 수도권에 몰려 있다는 건 아쉽지만, 짧게 반짝했다가 사라질 트렌드는 아니기에 언젠가전국 어디서나 여성들이 안전하고 편안하게 운동할 날이분명히 올 거라 믿는다.

대표적인 여성 운동 공간은 내가 3년 째 다니는 것으로 증명한 파워존 합정. 페미니스트인 체육관 관장과 회원들이 이 공간의 처음이자 끝이다. 구성원들도 매력적이지만, 스트롱퍼스트라는 근력 운동 프로그램은 건강하게 강한 몸을 단련하는 데 최적화되어 있다. 앞서 소개한 '움직여' 모임 또한 강력 추천하는 여성 운동 공간이다. 이 밖에도 소개하고 싶은 공간들이 있다.

①위밋업: 여성을 위한 스포츠 프로그램 서비스 플랫폼. 현직 또는 은퇴한 여성 운동선수들이 일반인에게 스포츠 교육을 해주는 프로그램을 만들어 제공한다. 탁구, 주짓수, 축구 등 다

양한 종목의 스포츠 교실이 열린다. 이 가운데 주짓수 교실은 수시로 열리고, 그 밖에 종목은 비정기적으로 진행된다. 홈페이지, 페이스북, 트위터 계정으로 일정을 공유한다.

② 여가여배: '여성이 가르치고 여성이 배운다'에서 온 이름. 여성들을 위한 비정기 운동 교육 프로그램이다. 주짓수, 농구, 스케이트보드, 축구, 배구 강의 등이 열렸다. 참가자 모집이 빠르게 마감되는 편이니, 프로그램에 참여하고 싶다면 여가여배 트위터 계정(@wtwl_seoul)의 정보를 놓치지 말자.

③ 샤크 코치의 그룹 트레이닝: 여성 크로스핏 커뮤니티 '움직여'를 운영하는 3인의 코치 가운데 이윤주 코치가 여성 전용 그룹 트레이닝 공간을 열었다. "게임 중독에 빠졌던 나를 운동이 살려줬다. 운동은 나에게 은인이나 다름없다. 게다가 해보면 안다. 정말 재미있다. 많은 여성들이 이 수업에서 자신의 몸을 대상화하지 않고 거침없이 운동했으면 한다." 이윤주 코치의 포부에 훅 끌린다. 덤벨 및 소도구, 맨몸으로 하는 근력 운동 수업을 한다. 관련 소식은 인스타그램 계정(@splash_grouptraining)에서 확인할 수 있다.

운동 멘토를 만난다는 것

'일주일에 두 번으로 운동이 되나요? 술 마셔도 됩니까?'라고 물어보시는데 저의 대답은 둘 다 "네!"입니다. 코앞 목적지에 갈 때도 택시를 타고, 2층도 걸어 올라가기 싫어하는 현대인은 운동의 제1 목적이 살을 빼고 근육을 뽐내기 위한 것이어서는 안 됩니다.

나를 근력 운동의 세계로 이끈 인생 코치, 최현진 관장의 말이다.

트위터를 보다가 그의 말에 이끌려 충동적으로 운동을 시작했던 그 즈음, 그가 파워리프팅 대회(바벨을 들어 힘을 겨루는 경기. 스쾃, 벤치프레스, 데드리프트 세 가지 방법으로 3회씩 들어 올려 그중 최고 기록으로 순위를 정함)에 참가해 여성 부문 1위를 할 때 찍은 영상을 보았다. 이 사람, 세다. 진짜 센 사람이다! 올림픽 때(장미란이 메달권에 들었을 때)를 제외하고는 여성들의 '근력 경쟁'을 한 번도 본 적이 없었으니 동영상의 장면들은 문화 충격이었다.

2017년 4월 그를 처음 만난 이래로 그는 계속 한자리에 있다. 파워존 합정에 다니는 회원들의 운동 선생님으로, 체육관을 운영하는 관장님으로(그 사이 코치에서 관장이 되었다). 그는 운동뿐만 아니라 여러 면모를 본받고 싶은 나의 '선생님'이다.

"나도 예전에 날씬한 게 좋았던 적이 있지만, 잠시 기분 좋은 것 말고 성취감이랄 게 없었어요. 그래서 근력 운동을 해서 힘을 키웠더니 남자들은 나에게 '무섭다' '나 때리지 말아라'라고 하더라고요? 정말 무섭고, 때릴 거 같아서였겠어요? 나만 그런 이야기를 듣는 게 아니겠죠."

최현진 관장의 경험은 참으로 보편적이고 전형적이다. 그가 들었다는 말은 내가 근력 운동을 시작한 이후 남성들이 나에게 했던 말과 정확하게 같았다. 지긋지긋한 남성 중심의 세계에서 그는 스스로 증거가 되기로 했다.

"여성들이 보다 쉽게 턱걸이를 하고, 푸시업을 하고, 데드리프트를 하는 다른 여성들을 만나길 바랐어요. 하지만 주변에 동기 부여가 되는 여성 지도자를 찾기 어려웠죠. 한국에서 여성 근력 운동 지도자는 제가 거의 첫 세대였으니까요. 그러다 제가 2012년쯤 스트롱퍼스트 지도자 자격 테스트를 보는데, 미국에서 여성 지도자 한 분이 왔어요. 정말 멋진 분이죠. 체구는 아주 작은데, 24킬로그램 케틀벨을 들고 하는 테스트(밀리터리 프레스/피스톨/턱걸이)에 통과한 '아이언 메이든'이었어요."

'아이언 메이든'은 특정 테스트를 통과했다는 의미로 부르는 칭호다.

최 관장은 그로부터 5년 뒤 아시아 최초의 아이언 메이든이 됐다. 그리고 파워존 합정을 인수해 관장이 됐다. 최현진 관장의 이야기 속 주인공은 발레리 헤드룬드 Valerie Hedlund라는 인물이다.

"그분이 미국 산타모니카에서 운영하는 체육관이 파워존 합정과 참 비슷해요. 몸매 가꾸는 걸 강조하지 않고, 여성 회원 비율이 높은 것도 그렇고, 회원들과 꼭 운동이 아니라도 다양한 걸 함께하죠. 예를 들면 맥주를 마신다던가.(웃음)"

그는 크로스핏, 산악 트레킹 등 다양한 운동을 해왔다. 그런데 왜 근력(스트렝스)일까? 왜 케틀벨일까? 왜 스트롱퍼스트일까? 먼저 스트렝스에 관한 그의 답.

"힘, 근력, 스트렝스. 보통 스트렝스가 곧 '좋은 (체력의) 질'을 담보한다고 해요. 스트렝스는 그릇입니다. 가진 그릇에 무엇을 담느냐는 각자에게 달렸죠. 스피드, 유연성, 협응력, 밸런스, 가동성, 정확성 등. 정확성을 봅시다. 한 손으로 케틀벨을 들고 머리 위까지 올리는 밀리터리 프레스를 할 때, 온몸을 다 움직이지는 않습니다. 움직이지 않아야 하는 부분과 쓰지 말아야 할 근육이 있어요. 가장 힘을 많이 쓰는 순간에는 배와 허벅지, 엉덩이 근육을 움직이지 않아야 합니다. 동작을 정확하게 하기 위해 특정 부위의 근육을 움직이지 않게 두는 것 또한 운동입니다. 이게 정확성이고요. 사람들이 사격을 보면서 무슨 운동이 되나 싶겠지만, 근육의 정확성을 훈련해야 할 수 있는 운동입니다. 그런데 이 정확성 또한 스트렝스가 있어야 발휘할 수 있습니다."

최현진 관장이 스트렝스라는 그릇을 키우기 위해 가장 많이 활용하는 도구 중 하나는 케틀벨이다.

"도구는 중요하지 않죠. 'One Mind, Any Weapon'이라는 말이 있어요. 하나의 정신, 모든 무기. 우리가 강해지려는 목적이 동일하다면 도구는 중요하지 않아요. 그중에 왜 케틀벨을 주요한 운동 도구로 쓰느냐하면 각자의 움직임에 쉽게 적용할 수 있기 때문이에요. 원래 케틀벨은 러시아에서 민속놀이 때 쓰는 도구였다고 해요. 한국에서 제기차기하는 거랑 비슷한 거죠. 케틀벨이라는 도구를 근력 운동의 목적으로 쓰기 시작하고, 그 훈련을 체계화한 결과가 스트롱퍼스트 프로그램입니다."

스트롱퍼스트 프로그램은 케틀벨을 주요 운동 도구로 쓰지만 더불어 바벨과 맨몸을 활용한 운동 프로그램을 개발하고 전파한다.

"맨몸, 케틀벨, 바벨 순으로 훈련하는 사람에게 적용이 쉬워요. 맨몸은 자기 몸이잖아요. 이걸 활용한 운동은 '몇 킬로그램을 한다'라고 측정할 수 없어요. '한다/못한다'로 나뉘지."

최현진 관장의 이야기를 듣고 보니 그렇다. 맨몸으로 하는 턱걸이는 3년째 훈련하고 있지만, 아직 못하고 있다. 케틀벨은 어렵지만 차근차근 다룰 수 있는 중량을 늘려가고 있다. 데드리프트는? 초반 몇 개월은 큰 무리없이 매주 내가 들 수 있는 무게가 늘었다.

"바벨은 1.25킬로그램 단위로 무게를 늘릴 수 있잖아요. 그런데 턱걸이는 어느 정도 경지에 이르면 강도를 조절할 수 있지만, 그전에는 아예 못하는 사람이 태반이거든요. 케틀벨은 맨몸과 바벨 사이에 있는, 우리의 목적(강해지기)을 가장 단순하게 달성할 수 있도록 돕는 도구예요. 그래서 스트롱퍼스트는 세 가지를 다 하는 겁니다. 하지만 제가 가르치는 건, 스트롱퍼스트에서 전달하는 건, 운동 도구를 다루는 방법이 아니죠. 그 도구를 활용해 강해지는 걸 배우는 거예요. 최대한 몸을 긴장하는 방법을 배우고, 그 긴장으로 최대의 힘을 만드는 거죠."

아프면 체육관이 아니라 병원에 먼저

어찌 보면 스트롱퍼스트나 파워존 합정의 최현진 관장은 '마케팅 포인트'가 약해 보인다. 피트니스 업계가 사랑해 마지 않는 문구 '칼로리 소모' '○○일이면 ○○킬로그램 감량!' '허리 디스크 예방을 위해 이 운동!' 등등이 보이지 않는다. 최현진 관장은 "아프면 체육관이 아니라 병원에 먼저!"를 외친다.

그리고 수업에서 지루할 만큼 '정말 강해진다는 것' '건강한 운동 지도자의 자세' 등을 강조한다. 그런데도 망하지 않고 장기 회원들이 70퍼센트 이상을 차지할 만큼 성공적으로 체육관을 운영하고 있다. 물론 꾸준히 신입 회원도 유입되고 있다. 그리고 장기 회원들 대부분이 여성이다. 여성 전용 체육관을 운영하는 건 아니다. 그런데 파워존 합정 문지방에는 무슨 부적이라도 붙은 것인지, 조신하지 못한 남자 회원들은 곧 떨어져나간다.

"여자들이 세지면, 힘에 대한 성취가 있다면 다른 성취도 함께 커질 수 있을 거라 생각했어요. 생활 속 움직임에서, 커리어 면에서 함께 더 큰 성취를 할 수 있을 거라고요. 그리고 파워존 합정에서 실제로 그런 일이 일어나고 있어요. 여자들이 많다? 가려서 받는 건 아니에요. 그런데 저는 처음부터 파워존 합정이라는 공간이 기본적인 상식과 예의 그리고 존중을 바탕으로 했으면 했어요. 남을 존중한다는 건, 나도 존중받고 싶다는 뜻이잖아요. 그걸 원칙으로 삼았을 뿐이에요. 그러다 보니 소위 '빻은 말'을 하면 안 되는 공간이 되었죠. 저도 빻은 말 안 하는 거 아니에요. 그런데 뒤늦게라도 깨닫게 돼요. 그리고 회원들끼리는 빻은 말이 나오면 누군가 지적을 하죠. 평생 그런 말 한

마디 안 하고 살 수는 없을 거예요. 그래도 배우게 되잖아요. 이런 게 누군가는 아주 불편할 수 있어요. 평소 자기 마음대로 살던 사람들은 특히. 아마 세상에서 '힘센 프로예민러'들이 이렇게나 많이 모인 곳이 또 있을까 싶어요. 그런데 그 고슴도치같이 예민한 사람들이 서로를 찌르지는 않죠. 가까이서 보면 각자 날카로워도, 저는 이런 사람들이 모인 파워존 합정을 멀리서 본다면 둥글 거라고 생각해요."

그를 옆에서 보면 너무나 고되 보인다. 무엇보다 매 순간 건강한 '강함'을 고민하고, 말뿐이 아니라 꼬박꼬박 실천을 한다는 점에서. 하지만 그의 이야기를 듣자니 괜한 걱정인 듯했다. 그는 자신의 운동을 덕질 중이다. 덕질을 하면서 돈도 벌고 있다니! 세상에서 가장 행복한 덕후 가운데 한 명이다.

"제가 다른 운동을 별 목적 없이 할 때는 스스로 소모된다는 느낌이었어요. 그런데 스트렝스 훈련을 하면서부터는 운동 수행 능력뿐만 아니라 정신적으로 더 풍요로워지더라고요. 스트롱퍼스트는 그 시초가 군인 체력 훈련에 있거든요. 그런데 군인들은 체력 훈련을 할 때 그 힘의 100퍼센트를 다 쓰지 않아요. 왜냐? 전장에 나갈 상황이 언제 닥칠지 모르기 때문이에요. 이게 일반인, 현대인이랑 비슷한 거죠. 운동을 하느라 힘을 다 쓰는 게 아니라, 충분히 근력을 단련하면서도 몸을 소진하지 않도록 해요. 극한으로 몸을 몰아붙이지 않으면서도 즐겁게 근력을 쌓아가는 거죠. 제가 스트롱퍼스트 프로그램 그리고 이 프로그램을 만든 파벨 차졸린Pavel Tsatsouline을 지금까지 덕질하는 이유입니다."

성공한 덕후 최현진 관장을 덕질하는 덕후들도 여럿이다. 덕질 좀 해본 최 관장을 좀 더 좋은 사람이게 만드는 원동력이다.

"운동과 그 밖의 면에서 더 나은 사람이 될 수 있었

던 계기는 누군가 나를 또는 나의 힘을 동경하며 보고 있고, 근력 운동을 하는 여성을 대표하고 있다는 의식 때문이었어요. 그래서 좋은 사람, 좋은 지도자가 되려고 노력했습니다. 덕질 좀 해본 사람은 알지 않나요. 예전에 덕질하던 아이돌이 있고, 탈덕을 했는데, 그 아이돌이 무슨 사고를 일으켰다 하면 탈덕 했는데도 괴로워들 하죠. 적어도 그런 괴로움을 주는 사람이 아니라, 좋은 사람이 되려고 애쓰고 있습니다."

자기를 덕질하는 덕후들의 사정까지 헤아리는 뭐 이런 사람이 다 있지? 내 걱정은 나의 인생 코치 최현진 관장님 덕질의 결과물인 이 글을 읽고, 체육관이 너무 붐비지는 않을까 하는 것뿐이다.

"여자들이 세지면, 힘에 대한 성취가 있다면,
다른 성취도 함께 커질 수 있을 거라 생각했어요.
생활 속 움직임에서, 커리어 면에서
함께 더 큰 성취를 할 수 있을 거라고요.
그리고 실제로 그런 일이 일어나고 있어요."

나 정말 친목질 싫어하거든?

동네 헬스클럽에서 일주일에 두 번 퍼스널 트레이닝을 받으며 운동하던 때였다.

"형님, 오랜만에 오셨네요. 이따 한잔하러 가실래요?"(트레이너)
"어, 한잔하자!"(남자 회원 A)

트레이너는 곧바로 나에게도 말했다.

"회원님, 집도 근처시잖아요. 이따 같이 한잔해요!"

"아, 저는 저녁에 약속이 있어서요."

　　당연히 약속은 없었다. 헬스클럽에서도 여자 회원
들의 얼굴 평가, 몸매 평가에 여념 없는 남자 회원들이 모
이는 술자리에 가고 싶겠는가? 나를 그 자리에 두고 각종
은어를 섞어가며 희롱할 생각에 치를 떨었다. '어휴, 그놈
의 친목질. 동아리야 뭐야!'

　　친목질도 새로운 친구를 사귀기에 좋은 기회라고 생
각했던 적이 있었다. 수년 전 어떤 운동(현재 이 운동을 하
는 공간에서도 긍정적인 변화가 많기에 밝히지는 않겠다)을
처음 배우게 된 때였다. 운동을 하러 다섯 번을 갔는데,
세 번의 술자리가 있었다. 그리고 빼놓지 않고 매번 희롱
하거나, 집적대거나 하는 일들을 겪어야 했다. 처음에는
대수롭지 않게 여기려고 했지만, 한 회원의 도를 넘어선
추근거림 때문에 그 공간에 정나미가 떨어졌다. 비싼 장
비까지 마련했지만 미련 없이 그만뒀다. 이런 일에 학을
떼고 운동을 그만둬본 여자들이 얼마나 많을까? 그 뒤로
입에 달고 다녔다.

"나는 정말 친목질이 싫어!"

파워존 합정에 처음 발을 들였을 때도 마찬가지 생
각이었다. '나는 여기 운동하러 온 거지, 친구를 사귀러
온 게 아니다.' 체육관의 분위기 또한 강습에 완전히 몰입
하고 집중하는 분위기여서 운동을 마치고 '쿨하게' 헤어
지는 게 일상이었다.

그, 러, 나. 쿨은 개뿔. 최현진 강사가 최현진 관장이 되
던 날이었다. 그러니까 체육관에서 운동을 시작하고 8개
월 정도가 흐른 시점이었다. 최 관장이 체육관을 인수하
면서 '개업식'을 하고, 얼마 지나지 않아 '꽹탄절'이 있었다
(최 관장의 별명이 최살꽹이어서 그의 생일을 꽹탄절이라고
부른다). 이 두 번의 이벤트가 결정적 순간이었다. 회원의
80퍼센트 정도가 여성이니, 기존의 친목질에서 느꼈던 불
편함은 적지 않을까 하는 기대로 참석했다.

기대는 무너졌다. 우리가 아는 의미의 반대로. 내 기
대와는 완전히 다른 풍경이 펼쳐졌다. 페미니스트이자
여성이 대부분인 자리는 정말 상쾌했다. 마시고 웃고 떠

드는 소중한 시간은 말할 것도 없고, 서로에게 용기를 북
돋아주는 이야기를 하느라 시간 가는 줄 몰랐다.

"아, 정말 이 운동 하기 잘한 거 같아요. 근력이 있다
는 게 이런 건 줄 몰랐어." "마음 편하게 올 수 있는 체
육관이 생길 줄 몰랐어요." "나 원래 운동이나 취미
모임 가면 절대 회식 같은 거 안 갔어요. 나는 태생적
으로 친목질 싫어하는 줄 알았는데, 내가 이럴 줄 몰
랐어요."

대체로 이런 자기 고백들이 뒤를 이었다. 이야기는
운동에만 그치지 않았다. 각종 응원과 앞일 도모의 장이
펼쳐졌다.

"취업 꼭 할 수 있을 거예요. 회원님 같은 사람을 뽑
아야지 누굴 뽑아." "그 자리는 회원님이 딱이야. 합
시다. 한번 해봅시다."('그 자리'에는 대통령, 국회의
원, 장관, CEO 할 것 없이 다 들어간다.)

분명히 농담인데, 농담이 아니다. 술에 취해 "그래요! 까짓거 해봅시다!"라며 호탕하게 웃는다. 그리고 돌아서면 웃음이 있던 자리에 진지한 고민과 의욕이 싹트기 시작한다. '그래, 나라고 왜 못해?' '왜 나는 그 자리를 내 것이라고 한 번도 상상해보지 않았을까' 하는 생각들이. 내가 이곳의 친목질을 좋아해 마지않는 가장 큰 이유다.

쿨하지 못한 파워존 합정 사람들은 우정을 주고받는 데 익숙해졌다. 각종 무료 나눔, 중고품 판매, 식재료 공동 구매까지 하다 보니 이쯤이면 '운동 및 생활 공동체'가 아닌가 싶다.

30대 후반이면 새로운 친구를 얻기에는 늦은 줄 알았다. 역시, 선입견은 깨지라고 있는 거다. 이렇게 고맙고, 다정하고, 힘까지 센 친구들을 무더기로 만날 줄이야. 이제 나는 선언한다. 나는 (안전하고 편안한 공간에서) 친목질을 꽤 좋아한다!

봄아, 넌 강하고 멋진 여자가 될 거야

6년 전 겨울. 말간 생명체가 우리 곁에 왔다. 나의 조카, 봄이. 못 견디게 사랑스러운 이 작은 사람을 향해 많은 사람들이 축복의 말을 건넨다. "참 예쁘네." "어휴 귀여워." 고모인 나 역시 참을 수 없이 터져 나오는 말이다.

어느 날 봄이의 아빠인 동생이 보낸 동영상. 재생 버튼을 누르기도 전에 예쁘고 귀여운 화면 속 봄이를 만날 생각에 얼굴에 함박웃음이 가득 찼다. 설레는 마음으로 재생 버튼을 눌렀다.

"하나, 둘, 셋, 넷, 다섯, 여섯, 일곱, 여덟, 아홉, 열!"

숫자를 뗀 아이의 모습을 담은 영상은 아니었다. 봄이가 방문 사이에 설치해놓은 철봉에 아빠의 힘을 빌려 매달려서 턱걸이를 하고 있었다. 영상의 마지막 순간 "혼자 해볼래?"라는 동생의 말에 봄이는 손아귀에 힘을 꽉 줬지만 까르르 웃으며 곧 철봉에서 손을 놓치고 말았다. 얼마 지나지 않아 또 동영상이 왔다. 봄이는 윗몸일으키기에 도전했다. 마지막 일곱 번째 윗몸일으키기를 할 때 봄이는 기어코 상체를 일으키려 자신의 머리채를 부여잡았다. 그리고 또 터져 나오는 봄이의 소리. "까르르."

봄이는 몸을 정말 열심히 움직이는 작은 사람이다. 달리기를 좋아하고, 킥보드를 타고 경사면 내려오기를 즐기며, 물놀이는 거의 쉬지 않고 반나절은 한다. 봄이와 물놀이를 하는 날이면 녹초가 될 각오를 해야 한다.

1년에 봄이를 직접 만나는 건 겨우 네댓 번. 그때마다 거침없는 봄이의 몸짓에 묘한 감정이 차오른다. 한없이 자유롭게, 손과 발을 뻗으렴! 간절히 응원하게 된다. 그 자유로움은 얼마 지나지 않아 여러 이유로 제한될 가능성이 높다는 걸 알기에, 더욱 간절하다.

어릴 때 내가 마당에 있던 자두나무를 타고 오르면 집안 어른들은 고개를 절레절레 흔들었다. 누군가는 나를 '말괄량이'라고 불렀다. 그 아이는 커서 내일모레 마흔 말괄량이로 산다. 지금은 말괄량이인 게 좋지만, 어린 나는 그 별명이 싫었다. 내가 어른들의 기대대로 얌전하고 예쁜 짓만 하는 어린이가 아니라는 표시 같았다. 괜히 마음이 쪼그라든 어린이는 주눅이 들곤 했다.

'나는 나무 타고 뜀박질을 하면 안 되나 봐.'

그 누구도 말괄량이를 반가워하지 않는 느낌이었다. 어른들은 내가 별로 좋아하지도 않는 피아노 앞에서 원피스를 입고 꿍꽝 건반을 두드리면 환호했다. 하나도 재미가 없었는데, 꾸역꾸역 피아노를 배웠다. 정말 긴 세월을 피아노학원에서 보냈다. 자그마치 6년을 배웠으나 『체르니 100번』 교재도 다 끝내지 못했다. 내가 가장 좋아했던 순간은 피아노학원에서 댄스 대회(이런 걸 왜 했는지는 모르겠지만)를 열었을 때다. 신승훈, 서태지와 아이들, 김건모의 노래에 맞춰 춤추던 날이 가장 신났다.

어른이 되어 생각했다. 몸을 움직이며 노는 게 가장 재밌었던 어린 나에게 누군가 "와, 너 정말 멋지다!"라고 해줬다면 얼마나 좋았을까? 멋지다는 말은 여자 어린이가 쉽게 들을 수 없는 말이었다. 나는 대학 때가 되어서야 처음 들어보았다. 봄이에게는 틈날 때마다 이야기한다.

"봄아, 와! 너 정말 달리기(수영, 자전거 타기)
잘하네! 진짜 멋지다!"

이렇게 말하면 봄이는 내 얼굴을 쳐다보며 씩 웃는다. 멋진 사람이라는 칭찬이 그 누구도 아닌, 봄이 너에게 정말 잘 어울리는 칭찬이라는 걸 알려주고 싶다.

나는 봄이의 운동장이 좁아지지 않게 노력하고 있다. 자유롭게 온몸을 뻗어 움직이는 모습, 거친 숨을 몰아쉬고 땀을 흘리며 운동하는 모습, 근력을 잔뜩 충전한 튼튼한 근육을 가꾼 모습을 '여자답지 않다'라고 말하는 세상을 조금이라도 바꾸려고 한다.

언젠가 강하고 멋진 봄이와 턱걸이 대결을 할 날을 기다리며, 할 수 있는 일을 하기로 한다.

나는 봄이의 운동장이 좁아지지 않게 노력하고 있다.

자유롭게 온몸을 뻗어 움직이는 모습,

거친 숨을 몰아쉬고 땀을 흘리며 운동하는 모습,

근력을 잔뜩 충전한 튼튼한 근육을 가꾼 모습을

'여자답지 않다'라고 말하는 세상을

조금이라도 바꾸려고 한다.

이제 그만 자랄 때가 되지 않았니?

어머니는 걱정이 많으시다. 내일모레 마흔에 비혼 여성
인 딸이 여간 불안한 게 아니다. 한국사회에서 바라보는
정상 가족을 구성할 생각이 그다지 없어 보이는 게 가장
큰 걱정이다. 거기에 하나의 걱정이 더해졌다.

어머니: 정연아, 요즘 무슨 운동 한다고 했지?

나: 근력 운동? 이것저것 하면서 힘세지는 운동!

어머니: (나의 한쪽 어깨를 쓰다듬으며) 어째
        어깨가 좀 커진 거 같다.

나: 그러려고 하는 운동인걸!

어머니: 이제 좀 그만 자랄 때가 된 거 같은데…….

나: 어떻게 알았어! 진짜 자랐는데!

어머니는 상체 근육이 자꾸 자라는 딸이 걱정이다. 무서워 보인다는 말을 보태셨다. 어머니는 여태 선이 곱고 날씬한 여성의 몸을 딸에게 바라고 계신다. 아마도 평생 지속됐을 어머니의 바람. 나도 안다. 이제 그 바람은 바람에 그칠 뿐이라는 것도.

아닌 게 아니라 정말 근육이 늘었다! 30대 즈음부터 노화에 접어드는 인간의 몸은 생각보다 빨리 변한다. 여성은 노화가 시작되면서 1년에 약 6퍼센트의 근육이 자연적으로 소멸한다고 한다. 그런데, 지난 3년간 나의 근육량은, 놀랍게도 늘었다. 그것도 평생 늘 것 같지 않던 부위의 근육이.

2016년과 2018년의 체성분 검사표를 비교해보니 팔 부위 근육량이 0.2킬로그램씩 늘었고, 몸통 부위는 0.4킬로그램이 늘었다. 2년 사이에 한 것이라고는 일주일에 두 번의 근력 운동뿐이다. 몸을 그냥 두었으면 줄었을 근육인데, 0.8킬로그램이나 늘었다. 노화가 꼭 근 손실로 이어지리라는 법은 없다!

이렇게나 기쁜 이유는 나 역시 늙어가는 것이 두렵기 때문이다. 점점 말라붙어갈 근육이 그려지고, 힘을 마음껏 쓰지 못하는 몸뚱이를 상상하곤 한다. 피할 수 없는 일이라면 성실하게 대비하는 수밖에.

어머니는 여전히 근육 성장기인 딸이 걱정이지만, 나는 내가 성장기인 덕에 걱정이 많이 줄었다. 게다가 지난 3년간 근육뿐만 아니라 마음의 근육도 두둑해졌다. 당분간은 성장기가 지속되지 않을까? 영원히 자랐으면 좋겠지만.

거리 두기 시대의 방구석 필수 운동

집콕 관절을 책임지는 '카스'(CARs)

관절. 이 단어를 떠올리자마자 몸 어딘가가 뻐근하고 무딘 느낌이 든다. 코로나19가 일상을 덮치면서 움츠러든 몸은 더욱 쪼그라들 지경이다. 이제 기지개를 켜야 한다. 재난 속에서도 건강한 삶을 이어나가기 위해서 우리는 굳은 몸을 털고 일어나야 한다. 당장 밖으로, 체육관으로 달려가 운동을 하라는 이야기는 아니다. 방 안에서 움츠러든 몸을 깨울 방법이 있다.

⊙ 관절 운동, 카스(CARs, Controlled Articular Rotations)

'제한된 관절 회전 움직임', 아직 생소한 운동이지만 미국에서 출발한 관절 가동성(모빌리티) 개선 프로그램인 에프아르시(FRC, Functional Range Conditioning), 킨스트레치(Kinstretch) 시스템 속 하나의 '기술'이다. 한국에서 킨스트레치를 지도하는 김강민 트레이너는 "에프아르시나 킨스트레치는 모두 관절이 움직이는 범위를 점검하고 개선하는 데 목적을 둔다. 관절의 기능 개선 시스템, 일종의 '관절 운동'이라고 할 수 있다"라고 밝혔다.

방법은 집에서도 따라할 수 있을 만큼 어렵지 않다. 많은 사람이 운동 전후로 몸 풀기나 스트레칭을 할 때 주요 부위의 관절 곳곳을 '휘휘' 돌리곤 한다. 최소한의 관절 풀기라고 할 수 있지만 '관절을 위한 운동'으로 한 발 나아갈 필요가 있다.

> "유튜브에서 요리 만드는 법을 보면, 가장 먼저 하는 일이 재료를 갖추는 거다. 운동도 마찬가지다. 운동하고 싶으면 그 운동에 필요한 만큼 관절이 잘 움직여야 하는데, 그것에 관해 잘 알지 못하면서 준비 안 된 상태로 운동한다. 대부분의 현대인은 거의 앉아서 지내기 때문에 하고 싶은 운동을 마음껏 할 만큼 관절을 움직이지 못한다. 그러다 보면 통증이 생길 위험이 있다. 이런 문제를 해결하기 위해서 카스 등을 포함한 관절 운동이 필요하다."(김강민)

좋은 맨몸 근력 운동으로 꼽히는 '스쾃'을 보자. 이 동작 자체는 많은 현대인에게 필요한 운동이다. 그러나 김 트레이너는 묻는다.

"사람들이 스쾃을 할 준비가 되어 있을까? 발목과 엉덩이, 무릎 관절이 과연 바른 자세로 스쾃을 할 만큼 잘 움직일까?"

이 질문에 "그렇다"라고 대답할 수 있는 현대인은 많지 않을 것이다. 김 트레이너는 "누구나 다 유연한 관절을 갖고 태어난다. 점점 이 관절을 쓰지 않기에 기능이 퇴화한다. 이 관절들을 움직일 수 있는 최대한의 범위에서 움직여줘야 기능을 유지하고 '기름칠'이 된다. 관절에 기름칠한다는 건 비유적인 표현이 아니다. 생리학적으로도 관절이 움직일 때 실제 윤활액이 분비된다"라고 말했다. 카스의 장점은 집에서 누구나 해볼 수 있다는 점이지만 주의 사항도 반드시 알아둬야 한다.

◉ 카스 운동 주의 사항

1. 독립 훈련
막무가내로 관절 여기저기를 '돌린다'는 생각은 접어두자. 천천히, 깊은 호흡과 함께 움직임의 범위를 넓히기 위해 관절을 '하나씩' 움직이는 '독립 훈련'을 해야 한다. 손목 관절 운동을 하려는데 팔 전체를 돌려서는 안 되고, 고관절을 움직이는데 몸통 전체를 돌려서는 안 된다. 몸을 움직일 때 관절을 하나만 움직이는 법은 없는데, 왜 이런 독립 훈련이 필요할까?

가동성 운동 프로그램을 진행하는 전영수 트레이너는 "통합 관절의 움직임이 좋아지려면 개별 관절들이 제 역할을 해야 한다"라고 설명한다. "머리 위로 손을 올릴 때 원래는 날개뼈(견갑골)도 움직여야 하는데 움직이지 않으면 어깨 관절이 무리하게 일하는 꼴이다. 예를 들면 다섯 명이 일하는 팀이 있는데, 세 명이 일하지 않으면 두 명이 팀 전체의 일을 해야 한다. 이 경우 일하는 두 명이 지치거나 다칠 수 있다. 몸도 마찬가지다."

2. 최대 범위

카스 같은 관절 운동에서 '독립'과 함께 중요한 열쇳말은 '최대 범위'이다. 전영수 트레이너는 "카스는 최대 가동 범위에서 능동적으로 관절을 회전하는 것이다. 관절 움직임이 최대가 아닌 범위에 있을 때 신경은 제대로 자극을 받지 못한다. 이 자극을 통해 움직임의 범위를 늘려가는 게 목적이기 때문에 각자 움직일 수 있는 범위의 끝에서 훈련을 해야 한다"라고 설명한다. 그렇다고 "으악!"이라고 비명을 외치는 범위에서 하라는 이야기는 아니다. 전 트레이너는 "할 수 있는 최대 범위에서 통증이 느

꺼지면 안 된다. 통증을 기억시키는 훈련이 아니기 때문이다. 카스로 적절한 자극을 주면서 훈련을 하면 '내가 여기까지 움직일 수 있구나' 하고 신경계가 인지하고, 이를 통해 내 관절의 가동범위가 늘어날 수 있다"라고 말한다.

킨스트레치 지도자 김강민 트레이너는 일반인과 지도자를 위한 킨스트레치 강습을 전국 곳곳에서 진행한다. 전영수 트레이너는 서울 마포구 파워존 합정에서 모빌리티 수업을 진행하고 있다. 수업을 직접 듣기 어렵다면 동영상을 보면서 천천히 연습해도 된다.

⊙ 유튜브 '아침 카스'(Morning CARs) 동영상 클릭!
카스 영상이 유튜브 등에 올라와 있다. 전영수 트레이너는 "카스는 영상을 보고 충분히 따라 할 수 있다. 그런데 이때 나의 움직임을 촬영해보길 추천한다. 내가 생각하는 것과 몸이 다르게 움직인다는 걸 알 수 있다. 이런 피드백을 스스로 줘야 관절의 가동성을 개선할 수 있다"라고 권한다.

◉ 사진으로 배우는 카스 주요 동작

코로나19로 정체되어 삐걱거리는 관절에 기름칠하러 잠
시 자리에서 일어나 사진 속 동작을 천천히 따라 해보자.
각 동작을 할 때 회전을 하지 않는 몸의 다른 부위가 움직
이지 않도록 각별히 신경 써보자.

1. 어깨 운동

①   ②   ③   ④

2. 날개뼈 운동

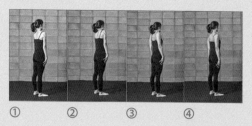

①   ②   ③   ④

3. 고관절 운동

①   ②   ③   ④   ⑤   ⑥

4. 척추 운동

①   ②   ③   ④

5. 손목 운동

①   ②   ③   ④

6. 발목 운동

①   ②   ③   ④

4

근육 튼튼 할머니가 됩시다

나의 미래, 근육 튼튼 할머니들

할머니가 되고 싶은 사람이 있을까? 나이 들면서 어쩔 수 없이 되고야 마는 것일 뿐. 그래서 할머니를 떠올리면 구체적이지 않았다. 나이 든 여성. 그 외에 무얼 덧붙이기가 어려웠다. 그런데 활기 넘치는 할머니들이 나의 마음을 흔들었다. 할머니가 되어서도 꽤 재미있는 삶을 살 수 있겠다 싶은 단서를 주는 할머니들이 등장했다.

2019년 여름, 스포츠 뉴스를 보고 있었다. 운동은 좋아하지만 프로 스포츠에는 관심이 적은 편이라 평소에는 잘 안 보는데 그날의 시청에는 이유가 있었다. 광주광역시에서 세계마스터스수영선수권대회가 열렸다. 중요한 건 대회가 아니다. 뉴스의 제목이 시선을 사로잡았다.

'아흔세 살 할머니의 아름다운 완영'

이어지는 뉴스는 이 대회 최고령 참가자가 100미터 자유형 종목에 출전했고, 예선을 무사히 치렀다는 아주 간단한 내용이었다. 뉴스의 마지막. 아흔세 살의 수영 선수가 환하게 웃으며 기자에게 답했다.

"모르는 분들로부터 응원을 받아서 감사했습니다. 지금 아흔세 살인데 백 살까지 출전해 헤엄치고 싶습니다."

그의 이름은 아마노 토시코. 백 살이 되어 대회에 나온 그를 꼭 보고 싶다.

언젠가 나도 할머니가 된다. 여전히 '할머니'의 이미지에는 노화와 그에 따르는 고통이 가장 앞선다. 하지만 아마노 토시코 할머니를 비롯해 스스로 새로운 롤모델,

삶의 증거가 되는 할머니들을 알게 되면서 더 궁금해졌다. 아니 기대하게 됐다. 내가 할머니가 되었을 때의 삶과 삶을 대하는 태도가.

인스타그램을 훑어보다가 당장 '팔로우' 할 수 밖에 없었던 미국 할머니가 있다. 그의 이름은 일흔세 살 조안 맥도날드, 트레인위드조안(@trainwithjoan)이라는 계정의 주인공이다. 사진에서 그는 항상 근력 운동 등 다양한 운동을 하고 있다. 아마도 '살기 위한' 운동을 시작했던 듯싶다. 고혈압, 발목 부종, 관절염을 앓던 2017년 1월, 라이프스타일 코치인 딸 미셸의 도움을 받아 근력 운동을 시작했다고 한다. 코로나19가 한창이던 올해 4월, 그는 73만 명의 팔로워들이 즐겁고 쉽게 홈트레이닝을 할 수 있도록 생방송을 했다. 생방송에서 조안 할머니는 아주 힘든 시기를 지나고 있는 많은 사람들을 따뜻하게 위로하고, 신나게 운동할 수 있게 도왔다. 조안 할머니는 거의 트레이너에 가깝다. 일주일에 5일 운동을 한다. 멋있지만, 나도 과연 그런 할머니가 될 수 있을까?

그런데 이 인물이 하는 운동을 보면 '그래, 내가

가는 길이 제대로 된 길이구나' 하는 걸 느낄 수 있다. 'RBG' 이야기다. 무슨 뮤지션이나 밴드 이름이냐고? 루스 베이더 긴즈버그. 올해로 여든일곱 살인 할머니다. 그냥 할머니는 아니고, 미국 대법원 8인의 대법관 가운데 한 명이다. 그리고 이제까지 대법관 중 최고령이다. 다큐멘터리 〈루스 베이더 긴즈버그: 나는 반대한다〉는 주류, 보수, 기성 권력과 타협하지 않고 여성의 권리 신장 등을 강력하게 주장하는 RGB의 삶을 다루었다. 법관으로서 그의 삶과 생각에 매료됐지만, 내가 아주 푹 빠져든 건 그의 운동 이야기였다.

긴즈버그 대법관은 처음으로 암을 앓고 난 뒤 1999년부터 일주일에 두 번 매회 한 시간씩 운동을 한다. 나랑 꼭 같은 스케줄이다! 운동 종목은 퍼스널 웨이트 트레이닝. 나랑 같은 근력 운동을 한다! 긴즈버그 대법관은 평생 모르겠지만, 나는 이 공통점만으로도 너무 반가웠다. 1999년부터 트레이너로 함께하고 있는 브라이언트 존슨(『주 2회 1일 1시간, 죽을 때까지 건강하게 살고 싶어서』 지음, 부키, 2020)은 긴즈버그 대법관의 운동 스타일을 이렇게 표현한다.

"그는 사이보그 같아요. 정말 기계처럼 운동을 하죠."

시키는 건 뭐든 다 해내는 긴즈버그 할머니라니! 긴즈버그 대법관은 무릎을 대지 않고 팔굽혀펴기를 하고, 너무 쉬운 동작을 할 때는 "이건 너무 쉬운데"라며 트레이너가 더 도전적인 근력 운동 과제를 내놓기를 재촉한다.

아주 구체적이다. 선명해졌다. 근육이 튼튼한 여성들은 영화에서, 광고에서, SNS에서, 꽤 자주 등장하기 시작했지만, 근육이 튼튼한 할머니들은 잘 보이지 않았다. 보이지 않더라도 어딘가에 내내 존재했겠지만, 우리는 보여야 상상하고 꿈꾼다. 아마노 토시코, 조안 맥도날드, 루스 베이더 긴즈버그. 이 할머니들이 오래오래 내 꿈, '근육이 튼튼한 할머니 되기'의 길잡이가 되어주길 바라고 또 바란다.

무섭다면 무서워해주시겠어요?

가끔 내가 하는 운동 영상이나 사진을 SNS에 올리곤 한다. 예전에는 그런 걸 올리는 사람을 이해하지 못했는데, 요즘은 이해가 된다. 질 좋은 반응을 받으면 기분이 좋다. 여기서 포인트! '질 좋은'에 있다. '멋져요!' '나도 운동하고 싶어요' '대박, 어떻게 하면 그렇게 할 수 있어요?' 등등. 질 나쁜 반응은 안 하느니만 못하다. 듣는 사람을 갸웃거리게 하거나, 급기야 화나게 하는 반응들. 너무 꼬인 생각 아니냐고? 그걸 꼬인 생각이라고 생각하는 사람의 인생이 너무 편한 것 아닐까?

자, 꼽아보자.

운동 영상이나 사진에 덧붙이는 질 나쁜 반응 '워스트 3'

1. 어휴, 무서워!

가장 많은 유형이다. 내가 한 손 스윙할 때 쓰는 케틀벨이나 데드리프트를 할 때 들어 올리는 바벨의 무게를 확인하고 놀란다. 꼭 무게가 아니더라도 근력 운동을 하며 드러난 어깨세모근을 보고 놀라기도 한다.

2. 대단해요. 그런데 뭐 하려고 그렇게까지 운동해요?

운동을 열심히 하는 목표? 다양할 수 있다. 그러나 가장 보편적인 건 '건강한 몸'으로 '건강한 삶'을 누리고 싶어서 아닌가? 질문 안에 담긴 진심이 궁금해지는 반응!

3. 근력 운동 좋은데 그렇게 하다가 다쳐요!

바벨처럼 무게로 성취도를 확인할 수 있는 운동 좀 해봤다는 사람들은 결코 그냥 지나치는 법이 없다. 운동을 '가르쳐줘야' 직성이 풀리는, 운동스플레인의 대가들이 여럿이다.

무섭다는 이야기는 무수히 많이 들었다. 차라리 평소 내 표정이나 태도가 무섭다면 이해가 된다. 나는 되도록 쓸데없이 웃지 않으려 '노력'하기 때문이다. 그런데 내가 근력을 키우는 걸 보고 무섭다? 정말 무서워하는 사람들은 그런 반응도 보이지 않는다. 그냥 조용히 자리를 비키거나 하지.

나는 무섭다는 반응에 깃든 '인식'이 더 무섭다. 강해지려고 노력하는 여자를 무섭다고 규정하기. 여자들은 그 벽에 부딪힌다. '어? 너무 센가? 너무 강해 보이나?' 무심결에 스스로에게 질문을 던진다. 아니 그런데 말이다, 강해지려고 운동하면서 무서워 보이지 않으려고 노력해야 할까? 생긋 웃으며 '나는 당신을 해치려고 근육과 근력을 키우는 게 아닙니다'라고 읊어야 할까? 나는 이 부분에서 정색할 수밖에 없다.

나의 정색이 이해되지 않는 사람들에게 좀 더 친절하게 설명해본다. 남자가 근력 운동을 하는 영상이나 사진을 올리면 대체로 어떤 반응을 보일까? 아니, 어떤 반응을 보이지 않을까? '어휴, 무서워'라는 반응은 찾기 어렵다. '뭐 하려고 그렇게까지 운동해요'라는 말도, '그렇게 하다가는 다쳐요!'라는 말도 쉽게 툭 내던지지 않는다.

칭찬인지 깎아내리기인지 모를 '무섭다'라는 반응은 여자를 물리적으로 위협적이지 않고, 안전하고, 나보다 약한 존재로 두고 싶어하는 사람들의 욕망이 아닐까? 그런 욕망이라면 나는 정말 완전히 부수고 싶다. 나는 그런 존재가 아니고, 그런 존재가 되기 싫다. 나는 당신과 똑같이 건강한 몸으로 건강한 삶을 누리고 싶어하는 같은 사람이다.

내 표정이나 태도를 보고 '무섭다'라고 평가하는 것도 지긋지긋할 때가 있다. 무표정일 때 너무 무섭다는 이야기를 자주 들었다. 그래서 내가 장착한 것은 웃음 가면이었다. 어느 자리에 가건 딱딱하지 않은 인상을 주기 위해서 사근사근 웃으려 노력했다. 표정뿐만이 아니었다. 별것 아닌 상대의 말에 박수를 치며 웃고, 동의하지 않는 말에도 동의한 듯 고개를 끄덕였다.

그리고 돌아온 건? 각종 무례와 폭력이었다. '애인은 있나?' '왜 지금 애인이 없느냐?' '결혼할 때가 되지 않았느냐'와 같은, 사생활 정보를 샅샅이 캐묻는 안부 인사는 무례했지만, 거기에 대고 또 웃어넘겼다. '이 기자는 잘 웃어서 좋단 말이야' '정연 씨 리액션에 기분이 좋아진단 말이지'라는 말은 말에 그치지 않았다. 때로는 내가 원하지 않는 신체 접촉으로까지 이어지기도 했다. 그것은 명백한 폭력이었다. 무섭지 않아 보이려고 기울인 노력에 대한 세상의 반응은 그랬다.

몇 번의 경험 뒤 단단히 마음먹었다. 무섭게 보이지 않으려 노력하지 않겠다! 나답게 살련다! 정말 마음 단단히 먹을 일이었다. 실제로 노력해보니 생각보다 훨씬 더 많은 노력이 필요했다. 무례한 질문에는 무례하다는 걸 정확하게 지적하고, 폭력적인 행위에 대해서는 분명하게 문제 제기하기. 당연한 데 당연하지 않은 일이다. 사회생활을 하는 내내 위협적이지 않은 존재로 각인되려고 노력하며 살아왔던 사람의 입장에서는 더더욱.

요즘은 무섭다는 반응이 싫지 않다. 솔직히, 좀 좋다. 주변 사람들, 특히 여자들에게 자주 이야기한다.

"무섭다니까 참 편하더라고. 편해 보이려고 애쓰는 게 더 힘들더라!"

내 앞에서는 혹시라도 말실수를 하지 않을까 긴장하는 걸 분명히 느낄 수 있다. 그런 실수를 하는 족족 그게 실수가 아니라 당신의 잘못된 인식에 바탕한 것이라고 말하니 긴장할 수밖에. 게다가 나는 이제 힘까지 센걸! 아

269

무 말에나 손뼉 치며 웃어주는 내가 아니다!

　　물론 나는 '무서운 사람'이 되고 싶은 건 아니다. 나답게 사는 걸 두고 뭇사람들이 '무섭다'고 평가하는 것일 뿐. 무섭지도 않고 약해 보이지도 않는, 그럼 어떤 사람이 되고 싶은지 묻는다면, 다정하고 강한 사람이 되고 싶다. 근육과 근력으로 무장한, 그리고 딸에게는 한없이 다정한 아빠인 드웨인 존슨 배우처럼.

누구에게나 운태기는 온다

근력 운동을 시작한 뒤 처음 1년은 매주 성장해나가는 걸 확인하느라 즐거웠다. 10킬로그램 케틀벨 한 손 스윙을 겨우 하던 내가 어느새 16킬로그램 케틀벨도 거뜬하다니. 구체적으로 확인 가능한 성취에 기뻐하는 날이 많았다.

아, 그렇지만, 아무리 좋아도, 역시 피해갈 수는 없었다. 운태기. 운동과 나 사이의 권태기. 권태란, 어떤 일이나 상태에 시들해져서 생기는 게으름이나 싫증. 딱 들어맞는 설명이었다. 그간 운동 방랑과 운태기의 경험에 비춰보자면, 이건 내가 조만간 운동을 그만둘지도 모른다는 신호가 분명했다. 그동안은 운태기의 조짐이 살짝이라도 보이면 곧바로 그만두었기에, 어째 이번에는 오래간다 싶었는데 이렇게 끝나는 것인가 불안이 엄습했다.

잠깐, 그동안 거쳐온 운태기의 조짐을 돌아보자. 운동마다 다양하게 나타났다. 17년 전 요가를 배울 때였다. 2개월 정도 지났을 때 누군가 요가를 하다가 방귀를 뀌었다. 요가가 나에게 잘못한 것도 없는데, 나도 언젠가 요가를 하다가 방귀를 뀌면 어쩌나 민망할 것 같아서 그만두었다. 9년 전 암벽 타기를 배울 때였다. 세 번째 수업을 하고 난 뒤에 운전대를 잡는데 팔이 내 팔이 아닌 것처럼 후들거렸다. 암벽 타기는 일단 살을 빼고 몸 좀 가벼워지면 해야겠다고 마음먹었다. 그 밖에 '운동 파트너와 손 닿는 게 싫어서' '체육관의 수건과 운동복 냄새가 너무 심해서' '운동을 하면 아무것도 할 수 없을 정도로 기력이 빠져서' 등등. 눈치챘겠지만, 이게 무슨 운동을 그만둘 이유란 말인가. 그냥 운동을 하기 싫은 거다.

그런데 근력 운동의 운태기는 조금 달랐다. 매달 쑥쑥 성장하던 근력이 더디게 늘어갔다. 1년이면 넉넉하게 하고도 남을 줄 알았던 턱걸이는 실력이 요원하고, 한 번 삐끗한 허리 근육의 통증이 겁나서 바벨을 번쩍번쩍 들 지도 못했다. 자신감이 떨어지면서 체육관 가는 길의 발 걸음은 발목에 10킬로그램짜리 케틀벨을 단 듯이 무거워 졌다.

'안 간다고 누가 뭐라고 하는 것도 아닌데!' 이 생각 을 하기 시작하면서 본격적인 운태기가 시작됐다(이것은 모든 운태기의 공통점). 내가 어떤 운동을 하는지, 얼마나 자주 하는지 아는 사람도 별로 없고 말이다. 결국 1년 반 정도 지속하던 운동을 이런저런 이유를 들어 2달 정도 쉬 게 되었다.

"요즘도 운동해?"

근력 운동 권태기가 생각보다 길어지던 중 회사 동 료 A가 기습 질문을 던졌다. 나는 이즈음 다시 체육관을 가야겠다는 생각마저 희미해졌었다. 그런데 나도 모르게 "어, 어 계속하지"라는 대답이 튀어나왔다. 동료 A는 자신의 운동 고민을 털어놨다.

"수영을 시작했는데, 두 달 정도 해도 몸에 별 변화가
없는 거 같아. 너무 힘들기만 하고. 식이 조절도 한다
고 하는데⋯⋯. 근데 정연 씨는 그 운동이 그렇게 재
미있어? 오래 하는 비결이 뭐야?"

갑자기 운태기의 마음은 증발하고 내가 하는 운동의
재미와 장점을 A에게 늘어놓기 시작했다. 그 순간 다시
확신이 들었다. 이 운동, 진짜 좋아, 진짜 재미있어!
동료와 대화를 나눈 몇 주 뒤에 다시 체육관으로 갔
다. 계속한다고 말해버린 나의 대답에 지레 찔린 구석도
있었지만, 여느 운동과는 달리 마음이 싹 달아나지는 않
았다. 확실히 달랐다. 가장 큰 차이점은 살이 안 빠진다고
실망하지 않았다는 점이다. 근력 운동을 하면서부터는
몸무게 감량이라는 목표는 희미해졌다. 성취의 종류가
완전히 달랐던 것이다. 그 자리에 '강한 근력'이라는 목표
가 꽤 깊게 뿌리내렸다.

복귀한 첫날, 운태기를 완전히 극복하지는 못했던 터라 1년 반이 넘게 꾸준히 했던 동작인데도 힘겹고, 순간순간 지겨웠다. 체육관 관장님은 집중하지 못하는 나의 생각을 눈치챘는지 '정신없죠?'라며 독려했다.

그리고 나의 운태기는 신기하게도 다음 날 싹 달아났다. 아침에 일어나자마자 근육통에 몸부림을 쳤기 때문이다. 기지개를 켜도 으윽, 세수를 하려고 허리를 굽힐 때도 으윽, 신발을 신으려고 무릎을 구부릴 때도 으윽.

으윽, 으윽! 근육통이 내 몸 구석구석 근육의 존재를 일깨워주는 아주 시끄러운 아침이었다. 기억이 났다. 이 익숙한 고통. 내가 근력 운동을 처음 시작했을 때 느낀 바로 그 고통이다. 3일 정도가 지나면 자연스럽게 사라질 근육통이라는 걸 이제는 알지만, 처음 느꼈을 때 소스라치게 놀란 바로 그 아픔을 떠오르게 했다.

두 달 정도 근력 운동을 쉰 상태에서 다시 시작하면 처음 운동을 시작했을 때와 다름없는 근육통을 느끼게 된다. 운동을 꾸준히 하면 아주 심한 근육통은 피할 수 있다(물론 새로운 동작으로 이전에 자극하지 않았던 근육을 쓰게 되면 전에 없던 근육통을 느끼는 경우는 있다).

그때 마음먹었다. 운동, 꾸준히 안 해도 된다. 쉬고 싶을 때 쉬어도 된다. 그러나 영영 그만둘 게 아니라면 기억해야 한다. 운동을 한 달 이상 쉬고 난 뒤에 다시 맞이할 그 근육통을. 키워둔 근력은 어디 사라지는 게 아니라지만, 근육을 다시 깨우려면 처음 느낌 그대로인 강렬한 근육통이 함께 뒤따른다는 것을.

그 뒤로도 운태기는 왔다가 가기를 반복했다. 다행인 건 운태기의 정도를 1(매우 약함)~10(매우 강함)으로 놓았을 때 최고점을 찍을 때가 7 정도에 머무른다는 점이다. 프로 스포츠 선수도 아닌데 운태기가 왔다 한들 스스로에게 실망할 필요는 없다. 평생 할 운동인데 짧은 싫증과 게으름 정도야 느낄 수 있게 마련이다.

운태기가 없으면 좋겠지만, 있다고 나쁜 것만은 아니다. 사람 관계에서의 권태기와 똑같다. 잘 극복하면, 상대의 소중함을 더 절실히 깨닫게 된다. 꾸준한 운동의 소중함을(처절한 근육통의 고통을) 이제는 똑똑히 안다.

운동, 꾸준히 안 해도 된다. 쉬고 싶을 때 쉬어도 된다. 그러나 영영 그만둘 게 아니라면 기억해야 한다. 운동을 한 달 이상 쉬고 난 뒤에 다시 맞이할 그 근육통을. 키워둔 근력은 어디 사라지는 게 아니라지만, 근육을 다시 깨우려면 처음 느낌 그대로인 강렬한 근육통이 함께 뒤따른다는 것을.

생활스포츠지도사, 그 머나먼 여정

2018년 봄, '생스'(생활스포츠지도사 또는 그 자격증을 일컫는 줄임말)의 세계에 뛰어들기로 결심했다. 운동에 빠지면서 자연스럽게 관심이 생겼다. 이미 친구들 사이에서는 '근력 운동 전도사'로 불리고 있었다. 친구들만 만나면 "근력 운동을 하면 말이야……"로 운을 떼며 열심히 근력 운동을 전도해왔다.

　대학 때부터 끊임없이 식이 조절과 유산소 운동에 매달리며 몸매와 몸무게 관리에 여념 없는 친구 A는 나의 주요 공략 대상이었다.

"그래, 그럼, 꼭 해볼 만한 거 하나만 알려줘, 맨몸 근력 운동 같은 거 없을까?"

걸려들었다! 눈을 반짝거리며 묻는 A에게 맨몸 운동 전에 하면 좋을 준비 운동부터 스콧, 플랭크 등을 가르쳐줬다. 체육관에서 매번 훈련하는 것이기에 자신 있게 설명했다. 아니, 설명하려고 했다.

"스콧을 할 때 허리가 너무 오목해지면 안 돼. 과신전 이라고 하거든? 계속 잘못된 자세로 반복하면 다쳐! 플랭크를 할 때는 어깨 사이에 등 부분이 꺼지면 안 되고!"

자신 있게 설명을 이어가고 있는데 A가 물었다. "근데… 왜 잘 안 되는 거야?" "음… 그게…….." 목소리가 기어들어가기 시작했다. 친구들에게 근력 운동을 하라고, 하라고 강조하면서 정작 가장 기본이 되는 동작조차 수박 겉핥기였다. 제대로 설명도 못하다니! 내가 트레이너는 아니니 의기소침할 것까진 없었지만, 어쩐지 자신감이 쭈글해졌다. 더 잘 알고 싶어졌다. 근력 운동 전도사 별명에 걸맞게 자격을 갖추자! 운동 관련 기사를 쓸 때도 도움이 되겠지(별 도움이 되지는 않았다)! 그렇게 생스 따기 여정이 시작됐다.

국민체육진흥법이 정한 자격을 취득한 사람을 '체육지도자'라고 한다. 생스 2급 취득자 또한 국가 공인 체육지도자다(이 밖에 공인 자격증에는 건강운동지도사, 노인체육지도사 등이 있다).

생스 2급 보디빌딩 자격증을 따기로 결심하고, 자격증을 손에 넣기까지 걸린 시간은 8개월. 본업인 기자 생활을 하며 병행하기란 쉽지 않았다. 돈을 들이면 뚝딱 따는 몇몇 운동 관련 자격증과는 다른 체계를 갖추고 있었다. 생스 2차를 따기 위해 1차 필기시험, 2차 구술과 실기시험, 3차 연수 및 실습을 차례로 통과해야 했다.

필기와 구술과 실기시험 영역은 한국 교육 시스템에 빠지지 않는 '외우기 실력'이 가장 중요했다. 한국 교육 시스템에 철저하게 적응한 인간형인 나는 11년 만에(신문사 입사 시험에 종합상식이 있었다) 외우기와 벼락치기 실력을 풀가동해 1, 2차 시험을 통과했다. 1차 필기시험에서는 과목당 최저 점수가 40점을 넘으면 되는데, 60점이 넘어야 한다고 착각해 딱히 쓸데없는 고득점을 얻기도 했다.

위기는 3차 연수 때 닥쳤다. 서울의 한 대학에서 66시간의 수업을 들어야 했다. 7월과 8월에 걸쳐 4주간 주말 시간을 바쳐야 했다. 체육 전공자가 아니어서 조금이라도 더 배워둬야겠다는 마음에 되도록 정신을 바짝 차리고 들으려 애썼는데, 그게 위기의 발단이 됐다. 그냥 책 위에 엎어져서 졸다가 그 이야기를 못 들었으면 닥치지 않았을 위기다. 강사가 스크린에 강의 자료를 띄웠다.

"자, 남자와 여자는 몸부터 차이가 있죠. 스포츠를 대하는 태도에도 마찬가지로 차이가 있습니다. 진화심리학에 따르면……."

귀를 의심하며 팔짱을 꽉 꼈다.

"남자는 스포츠를 대할 때 목표, 권력, 서열에 집중하고 여자는 인정, 시기, 질투의 모습을 보이죠."

뭐라고? 과거에는 그랬지만 요즘에는 이런 성차별적인 인식이 바뀌었다는 설명이 이어지길 기대하며 강의를 계속 들었으나, 그런 일은 일어나지 않았다.

"선생님. 그 말씀이 정말 맞는다고 생각하십니까? 제가 알기로는 진화심리학이 주장하는 성인지가 잘못되었다는 연구 결과가 더 많이 나오고 있습니다."

나는 손을 들어 내 주장을 펼치고야 말았다.

"여자와 남자의 차이는 분명히 있죠. 몸뿐 아니라 심리적인 면에서도요. 이게 잘못됐다는 건가요?"

업데이트되지 않은 본인의 지식에 대한 지적에 강사는 발끈했다. 나는 참지 못하고 교실 밖으로 뛰쳐나갔다.

"에이씨, 그냥 때려치우고 말지!"

또 다른 강사는 농담이랍시고 "여자는 남자가 들어주는 거 좋아하잖아요"라는 말을 남기고야 말았다. 또 한 번 손을 들 수밖에 없었다. 주변 사람들은 '쟤 또 왜 저래'라는 눈빛으로 나를 흘겨봤다. 이 자리에 있는 여성들에게 사과하라고 요구했고, 이번에는 강사가 교실을 박차고 나갔다. 결국 그날 오후 그 강사는 나에게 정식으로 사과했다.

도대체 숨을 몇 번이나 골랐던가. 스포츠계 역시 성차별이 만연하다는 걸 알고는 있었지만, 강사 또는 교수씩이나 되는 사람들이 지껄이는 말에 분노 지수가 치솟았다. 그렇게 몇 번의 분노를 다스리고, 숨을 고르고서야 생스 2급 자격증을 딸 수 있었다.

우여곡절 끝에 생스 2급 자격증을 땄지만, 근력 운동에 관한 지식을 충분히 습득했다는 생각은 들지 않는다. 여러 용어와 원리를 익혔다는 데 만족하는 정도다. 그러나 발판을 마련했다는 건 확실하다.

언젠가 기자 일을 그만두고 난 뒤에는 운동 지도자를 하고 싶다. 60대에 이르러 여성 노인에게 근력 운동을 가르쳐주는 노인체육지도사. 노화한 몸을 받아들이고, 이해하고, 그에 맞춘 근력 운동을 할 것이다. 그리고 나뿐만 아니라 많은 여성 노인에게도 필요할 거라 생각한다.

어머니에게도 근력 운동을 하라고 권유하지만, 그의 몸을 내가 다 이해하지 못하니 "이게 좋다! 꼭 해야 한다!"라고 강하게 권하기는 어렵다. 도움을 줄 다른 지도자를 찾아보아도 눈에 잘 보이지 않는다. 운동 산업계는 이미 젊고 건강한 몸을 공략한다. 하지만 현실에서는 늙고 병들어가는 몸에 더 절실하게 필요하다. 없으면 만들어보는 거다. 노인의 근육을 이해하고, 근력 키우기를 돕는 다정한 체육관. 꼭 만들고 싶다.

여성 노인들에게 근력 운동을 가르쳐주는
노인체육지도사가 되고 싶다.

노인의 근육을 이해하고 근력 키우기를 돕는
다정한 체육관을 꼭 만들고 싶다.

비대면 스포츠, 오리엔티어링

자연 그대로의 환경에서 사람들과 큰 접촉 없이 즐길 수
있는 스포츠가 있다. 다소 낯선 종목인 '오리엔티어링', 여
가로 즐기기에도 좋고 비대면으로 거리를 두며 즐기기에
도 좋은 종목이라 특별히 소개해본다.

오리엔티어링은 산속에서 지도와 나침반을 이용해
목표 지점 여러 곳을 통과하여 목적지에 가장 빨리 도달
하는 경기다. 야외 달리기와 보물찾기를 합친 종목이랄
까? 숲이나 산에서 하는 운동으로 시작했는데 현대에는
도심 시가지나 공원에서 진행하기도 한다. 한국에서는
1970년대 말 시작됐다.

2019년 봄에 오리엔티어링 체험을 해보려고 찾아갔는데, 바로 대회 참여를 권유받았다. 마침 여성 초급 참가자 가운데 불참자가 있어서 그분을 대신해 참가하게 되었다. 누군가의 손에 이끌려 갔다가 정신을 차려보니 선수 등록을 하고 있었다. 선수들은 나침반과 에스아이SI 카드, 등에 부착하는 번호를 지급받는다.

지도와 나침반을 들었다. 지도라고는 내비게이션 애플리케이션 속 지도뿐, 고등학교 지리 수업 때를 제외하고는 등고선이 있는 지도를 본 기억이 없어서 무척 신선했다. 경기는 목표 지점에서 '컨트롤'이라는 장치를 찾아 에스아이 카드에 인식해 얻는 기록을 겨루는 식으로 진행한다. 목표 지점이 표시된 지도는 출발할 때 처음으로 볼 수 있다. 지도 읽는 능력이 아주 중요한 스포츠다.

목표 지점에서 에스아이 카드를 컨트롤에 갖다 대면 "삑" 소리가 나면서 참가자가 몇 시, 몇 분에 그곳에 도착했는지, 전체 경기에 몇 분이 걸렸는지가 경기 운영 전산 시스템에 기록된다. 지도에는 컨트롤의 위치와 함께 번호가 쓰여 있다. 번호는 찾는 순서를 뜻한다. 1번부터 마지막 번호의 컨트롤까지 찾아 에스아이 카드를 찍어야 하고, 피니시finish 지점에 있는 마지막 컨트롤에도 체크를 해야 한다.

첫 출전이어서 대회 주최자에게 5분 동안 지도 읽기 과외를 받았지만 지도를 받아든 순간 머릿속은 하얘졌다. 지도 위의 등고선과 기호들이 뒤섞여 눈앞에 있을 뿐, 제대로 '읽지' 못했다. 오리엔티어링은 빠르게 달리는 게 전부가 아니다. 지도에 갈림길이 수없이 등장하는데, 그 갈림길에서 옳은 선택을 하기 위해서는 등고선과 주변 지형과 지물 기호를 제대로 이해해야 한다. 좋은 기록을 얻기 위해 '지도 읽는 법'을 따로 배우기도 하는데, 그게 다 이유가 있었다.

더듬더듬 2번 컨트롤을 찾고, 3번 컨트롤을 찾으러 경사진 길을 올라야 했다. 트레일 러닝(비포장 혹은 오솔길 달리기)을 하는 기분이 든다. 지도를 잘 읽어야 좋은 길을 만날 수 있다.

그렇게 정신없이 달리다 보면 문득 마주치는 풍경에 웃게 된다. 내가 참가한 오리엔티어링 대회는 봄의 한가운데에 열렸다. 야트막한 산속 진달래꽃 무더기 사이에서 어린이와 청소년들이 뛰어다니는 풍경에 생동감이 넘쳤다.

오리엔티어링은 최근 트레일 러닝과 일반 러닝 열풍에 힘입어 조금씩 저변이 넓어지고 있다. 오리엔티어링 20년 경력에 국가대표로 활동하고 있는 차윤선 씨의 이야기다.

"아직 완전히 대중화하지는 않았지만, 예전보다는 유입되는 인구가 많은 편이다. 2006년 오리엔티어링을 국내에서 할 때는 '걸어 올라가기도 힘든 산에서 왜 뛰어?' 하며 이상하다는 듯 쳐다봤다. 오리엔티어링이 뭔지 설명하는 것도 어려웠었는데, 관심이 좀더 생기다 보니 이제는 설명할 기회도 늘었고, 궁금해서 경기에 찾아오는 사람들도 늘었다."

오리엔티어링은 진입 장벽이 낮아서 마음먹고 독도법(지도 읽는 법)과 산속 달리기 연습을 한다면 국가대표를 목표로 삼을 수 있다. 국가대표를 꿈꾸는 사람이 있다면 대한오리엔티어링연맹 홈페이지에서 각종 대회와 강습회 정보를 놓치지 말자.

댕댕이들과 걷고 달리고 보물 찾고!

운동 방랑은 끝났지만, 탐색은 계속된다. 오랜 탐색 끝에 언젠가는 꼭 해보고 싶은 운동을 찾았다.

반려동물과 보호자는 같은 시간을 보내지만, 시간의 속도는 다르다. 사람의 1년은 반려동물의 평생이 될 수도 있다. 그래서 시작된 이색적인 야외활동이 있다. "반려동물에게 함께하는 시간을 선물하자"라는 구호로 보호자들을 독려하는 '마이 독 랠리'My dog rally다.

단풍이 곱게 든 산속을 배경으로 신난 표정의 개 한 마리. 내가 구독하는 한 SNS 계정의 외국인은 어디든 그의 반려견과 함께였다. 깊은 산속, 계곡, 바닷가, 강가 등

가리는 곳이 없었다. 눈이 와도, 비가 와도 함께였다. 한국에서는 보기 드문 풍경일 거라 생각했다. 그러다 국내에서도 반려동물과 함께하는 야외활동의 폭이 점점 넓어지고 있다는 반가운 소식이 들려왔다. 마이 독 랠리도 그 가운데 하나다.

마이 독 랠리는 한 지역에서 반려견과 함께 갈 수 있는 여러 길과 장소를 알려주고, 각 길이나 장소의 특정 지점에서 수행 과제를 완료하면 얻는 점수로 순위를 매기는 '걷기 대회'다. 반려견 동반 여행 상품 특화 상점 '고아웃위드독스'의 이경원 대표가 기획했다.

2019년 6월 경상남도 거제를 시작으로 여섯 차례 대회가 열렸다. 도심 산책을 할 때만 해도 갖은 고난을 겪곤하는 한국의 반려견들이 보호자와 산속에서 걷고 뛰며 경기를 한다.

마이 독 랠리에 참가한 인간 보호자들의 표정도 밝아지지만, 한껏 환해진 반려견들의 행복한 표정도 볼 수 있다. 반려견들 위에 말풍선이 떠 있는 듯하다.

"멍멍, 기분 정말 좋은데!"

"왈왈, 너무너무 신나!"

"바우와우, 빨리 놀고 싶어!"

반려견과 함께 더 폭넓은 야외활동을 해보고 싶다면 어떻게 해야 할까? 이경원 대표가 좋은 정보를 추천했다.

"산림청에서 꼽은 '아름다운 임도 100'을 참고할 만 하다. 반려견 동반 가능 여부는 기재되어 있지 않으 니 문의처에 확인하고 가길 권한다."

산속에서 함께 걷고 뛰다 보면
인간 보호자들의 표정도 밝아지지만,
한껏 환해진 반려견들의
행복한 표정을 볼 수 있다.

'운동하니'를 만들다

나의 일터인 신문사에서는 하루가 멀다 하고 동료들의 투병 소식이 들려온다. 목 디스크, 허리 디스크, 척추측만증, 거북목증후군, 손목터널증후군……. 다 늘어놓자면 끝이 없다. 사옥의 옥상정원 한편에는 먼지가 켜켜이 쌓였지만 그래도 움직이기는 하는 운동기구가 몇 개 있고, 5분 거리에는 좋은 공기를 내뿜는 나무 가득한 공원이 있다. 그런데도 이 환경을 활용하는 동료들은 그렇게 많지 않다.

"병원에서도 근력을 키우라고 하거든. 허리 디스크

까지는 아니니까, 더 안 좋아져서 디스크로 발병하기 전에 운동하라고 하는데 쉽지가 않다. 걷기는 좀 하는데 말이야."

동료 A가 고민을 털어놓았다. 몇 가지 맨몸 근력 운동이 떠올랐지만 알면 알수록 운동 지도를 하기가 조심스럽고 나의 전문성이 스스로 의심되는지라 자신 있게 답을 내놓지 못했다. 내가 할 수 있는 건 취재를 통해 도움이 되는 기사를 쓰는 것이니 '오피스 트레이닝'을 주제로 좁은 사무실에서 틈틈이 할 수 있는 스트레칭과 근력 운동을 모아 소개했다.

사무실에 오래 앉아 일하는 사람들을 위한 특집으로, 당장 옆자리 동료들도 해당되는 내용이었지만 실제로 업무 중에 하는 동료는 거의 찾아볼 수 없었다. 기사를 작성해 내보내는 곳에서도 이러하다니, 참 맥 빠지는 결과다.

회사에서부터 근력 운동 전도에 힘써야겠다고 생각하던 어느 날. 회사 강당을 지나는데 누군가 운동하는 소리가 들려왔다. 몇몇 동료들이 '기천문'이라는 운동을 하고 있었다. '그래! 근력 운동 강연을 회사에서 열면 되겠다!' 마침 최현진 관장이 회사 근처에 위치한 주짓수 체육관에 매주 다니고 있었다.

"관장님, 저희 회사에서 사무실에 오래 앉아 일하는
사람들을 위한 운동 강의 부탁드려도 될까요?"
"네, 시간만 맞으면 좋습니다!"

시원한 섭외를 마치고 매주 월요일 점심시간에 '앉아서 일하는 사람들을 위한 스트레칭과 근력 운동 교실'이 열렸다. 운동하기 편안한 복장과 요가 매트만 있으면 어디서나 할 수 있는, 한 시간을 해도 땀이 살짝 나는 정도(업무에 바로 복귀해야 하기 때문에)의 운동을 배우는 시간이었다.

회사 홈페이지 도메인에 들어가는 하니hani에서 따와 '운동하니'라고 이름을 정하고, 매달 열 명의 여성 수강생을 모아 운동 교실을 운영했다(코로나19 여파로 잠시

문을 닫았지만, 곧 다시 열릴 날만 손꼽는다).

달라붙는 레깅스를 입고 모인 동료들은 처음에는 살짝 쑥스러워하는 듯했지만, 이내 자신의 근력과 체력의 심각한 상태를 확인하고 어이없어했다. 엎드려서 손과 발을 짚고 자신의 몸을 버텨내는데, 팔과 다리가 지진에 흔들리는 건물처럼 후들거렸다. 근력뿐만 아니라 온몸의 관절이 움직이는 범위도 건강한 사람의 일반 범위에 한참 모자랐다.

평소에 습관적으로 움직이는, 딱 그 범위까지만 관절을 쓰다 보니 온몸의 관절은 평소 움직임의 범위에서 조금만 벗어나면 우리에게 고통을 가져다줬다. 자판을 쉼 없이 두드리는 나를 포함해, 운동하니 참가자들은 난생 처음 손목과 손가락 관절 운동을 접했는데, 여기저기서 "어휴" "으흑" "아……" "으허" 하는 단말마가 터져 나왔다.

"평생 해보지 않은 움직임이었어요. 이런 게 운동이구나 싶어요."(동료 B)

"그때 배운 스트레칭 자주 하는데, 평소에도 도움을 많이 받아요."(동료 C)

운동하니를 운영하는 건 솔직히 조금 귀찮은 일이다. 강사를 섭외하고, 매달 참가자를 모으고, 강의 장소를 예약하고, 참가비를 정산하고……. 누가 하라고 시킨 게 아닌데 스스로 일을 벌였으니 징징댈 수 없는 노릇이지만 마감이 코앞이거나 힘들 때는 운동하니를 괜히 만들었나 하는 생각도 든다. 이 번거로움을 감수하고 운동하니를 꾸준히 여는 건 툭툭 무심하게 건네는 강의 후기들 때문이다.

운동의 효과도 분명히 있겠지만, 내가 생각하는 운동하니의 좋은 점은 몸과 마음의 에너지를 쏟기만 하는 일터에서 자신의 건강을 채우기 위한 시간을 잠시나마 낸다는 데 있지 않을까 싶다. 요가 매트 위에 누워 찌푸린 미간을 펴고 잠시 숨을 고르며 크게 호흡하고, 그 누구도 아닌 나를 위해 갖는 시간. 아마 우리 모두에게 절실한 시간이 아닐까.

이런 생각이 이어지니 참가자도 늘리고, 운동하니의 규모를 키워보고 싶은 생각이 불쑥 들곤 한다. 마음 한편에 '아서라!' 하는 외침이 울리지만, 운동 전도도 좀 중독적인 면이 있어서 마음의 외침을 외면할지도 모른다. 운동을 통해 몸과 마음이 건강해지는 사람들을 보면 정말 정말 정말 기쁘다. 그래서 이 글을 쓰고 있는지도 모른다.

마음에도 운동이 필요해

근육이 커지고 근력이 붙으면서 자연스럽게도 마음의 근육도 키우고 싶어졌다. 나의 경우, 마음이 힘들 때 몸 운동을 시작했더니 마음도 튼튼해졌다. 그런데 건강한 몸은 건강한 마음을 가꾸는 데 도움을 주지만, '몸 건강=마음 건강'은 아니다. 마음에도 각자의 상황에 맞는 맞춤 운동이 필요하다. 내가 관심을 갖는 마음 운동은 '마음챙김 Mindfulness 명상'이다.

종교의 색채를 벗어나 대중화하는 명상. 그 중심에는 40여 년에 걸쳐 체계화하고 과학화한 마음챙김 명상이 있다. 자신의 현재 상황과 내적 경험에 대한 비판단적인 주의와 알아차림을 중심으로 한다. 불교의 수행법인 위파사나(알아차림)에 그 뿌리를 두고 있는데, 미국을 중심으로 서구에까지 깊숙이 파고들었다.

처음에는 많이 의심했다. '명상은 과학적'이라는 주장을 의구심 없이 받아들이기가 어려웠다. 과학을 빙자해 '명상 산업'에 눈독 들인 이들의 '마케팅 수법'이 아닐까 하는 의심이 드는 것이다. 그런데 명상에 대해 과학적으로 접근하는 최근 경향을 눈여겨보면서 의구심이 호기심으로 바뀌어갔다.

"명상은 과학적이고, 세속적이고, 일상적일 수 있다. 종교마다 각자의 신들을 느끼는 것을 목표로 한 행위가 있다. 종교 수행으로서의 명상이다. 이름만 달리 부르는 것일 뿐이다. 그렇게 보면 명상은 오히려 탈종교적인 것이다. 어떤 목표로 명상을 하는지에 따라 탈종교적일 수 있다."(김완석 아주대학교 명상연구센터 심리학과 교수)

다소 보수적일 법한 의사들도 과학적 접근에 기반한 탈종교적인 명상을 적극적으로 활용하고 있다.

"이미 심리치료 관련 교과서에도 마음챙김 명상의 요소가 들어가기 시작했다. 인지행동치료의 제3 동향을 보면 수용전념치료ACT, 변증법적 행동치료DBT 등이 있는데, 그 치료들이 기본적으로 '마음챙김 명상'의 요소를 갖고 있다. 최근의 연구 결과와 그것을 수용한 심리치료의 기법들을 보면 '명상이 과학적, 의학적 효과가 없다'고 이야기하는 시대는 지났다고 봐도 될 것이다."(채정호 가톨릭대 서울성모병원 정신건강의학과 교수)

누구나 과도한 업무로 생긴 스트레스로 몸과 마음의 관계를 생각할 때가 있다. 내 경우는 기자로 일하며 '기사 마감'에 허덕일 때다. 불안과 우울이 끝없이 반복된다. 전진용 국립정신건강센터 정신건강의학과 전문의는 불안과 우울에 대한 명상의 효과와 그 원리를 '흙탕물 바라보기'에 빗대 설명한다.

"보통은 환자에게 정신 질환인 병과 싸우라고, 불안과 우울을 떨치라고 한다. 그런데 마음챙김 명상은 불안이 있으면 받아들이고, 그것을 집중하고 바라보면 없어진다는 사실을 알려준다. 흙탕물이 담긴 병에서 흙을 거르려고 하면 흙이 자꾸 떠오르지만, 가만히 놔두면 물이 맑아진다. 필요하면 그 위에 물만 뜨면 된다."

명상의 '효능'은 매료되기에 부족함이 없다. 그러나 과유불급의 진리는 명상의 의학적 활용에서도 적용된다. 전문가들은 입을 모아 명상이 '만병통치약'은 아니라는 점을 분명히 한다.

　　"우울증이 심해 자살이나 자해의 위험이 있다든지 할 때 명상이 좋다고 해서 명상만 하면 안 된다. 증세가 심해지고 있는데 명상만 하면 자칫 병을 키우고 만성화할 수 있다."(전진용 전문의)

　　정신 질환이 있는 경우, 명상을 치료 방법 가운데 하나로만 활용하라는 뜻이다. 채정호 교수는 적절한 안내를 통해 건강하게 명상을 해야 한다고 강조한다.

　　"좋은 선생님이 필요하다. 독학으로 하기에는 힘든 부분이 있고, 심신이 건강하지 않은 분 중에는 명상을 하다가 그 증상이 악화될 수 있기 때문이다. 명상이 모든 것을 해결할 수는 없다."

명상을 해보고 싶다면 미국 국립보건원 산하의 국립 보완통합의학센터NCCIH에서 홈페이지에 게재한 '명상의 안전과 부작용' 및 '고려해야 할 사항'을 꼭 먼저 살펴보길 권한다.

🎵 명상의 안전과 부작용 및 주의 사항

① 명상은 일반적으로 건강한 사람들에게 안전하다고 간주됩니다.

② 정신 질환으로 문제가 있는 사람들의 명상은 증상을 유발하거나 악화할 수 있다는 드문 보고가 있습니다.

③ 기존의 치료를 대체하기 위해 명상을 사용하지 마십시오. 명상 강사의 훈련 및 경험에 대해 질문하십시오.

명상, 나와의 관계 맺기

마음의 문제를 생각하다 보면 관계가 떠오른다. 연인과의 관계, 가족과의 관계, 동료와의 관계. 무수히 많은 관계 안에서 살아가는 사람들은 관계를 배제하고 스스로를 규정하기 어려워한다. 그러다 관계에 위기가 닥치면 힘겨워한다. 우울감과 자책감, 자괴감들이 밀려온다.

나 역시 꼭 같은 일을 겪었다. 두 번의 사고를 겪고 난 뒤, 다른 사람들과의 관계마저 모두 포기하고 싶은 마음이 들었다. 정신을 차렸다. 건강하던 내 몸이 약해진 것처럼, 마음도 그럴 것이라고. 그러니 나에게는 마음을 위한 운동이 필요하다고. 그때 처음으로 명상에 관심을 갖게 됐다.

마침 《한겨레》 ESC 지면에 「단호한 러브 클리닉」
이라는 코너에 원고를 보내주던 곽정은 작가가 '명상 안
내자'로 마음챙김 명상 프로그램을 열었다는 소식을 알
게 됐다. 2018년 9월 망설임 없이 그곳을 찾아갔다.

"사랑을 소재로 인생을 숙고해보는 이 과정을 만
들 때 여러 생각을 하게 됐어요. '연애 전문가'라는 남
들이 지어준 타이틀이 있는데, 정작 제가 맺는 관계
가 힘들었을 때 고민이 깊어졌죠. '행복해지려고 사
랑하는데 왜 행복하지 않을까'라는 질문을 던지게 됐
습니다. 제가 찾은 해결책은 '마음챙김 명상'이었어
요. 그것을 통해서 '나와의 관계를 잘 맺어야 행복해
진다'는 것을 깨닫게 됐습니다."

TV 연애 상담 프로그램에서 보아오던 곽정은 작가
에게서는 때로는 차가울 정도로 어떤 단호함이 느껴지
곤 했다. 마감 시간에 앞서 말끔한 원고를 보내오는 필

자 곽정은 작가는 똑 부러진 이미지였다. 그러나 이곳에서는 달랐다. 간결하고 단호한 그의 목소리를 좇다 보면 마음이 일렁였다. 그 일렁임에 나도 모르게 쌓아온 마음의 담장이 소리 없이 무너졌다. 무너진 자리에는 다리가 하나 생겼다. 깊은 곳에 웅크려 있던 '나'와 연결해주는 다리 말이다.

당시 그가 연 프로그램 이름은 '빙 어웨이크'Being Awake. 직역하자면 '깨어 있기' 정도가 되겠다. 돌이켜보니 그 이름이 참 잘 어울린다는 생각이 든다. 프로그램 내내 나 스스로를 깨운다. 관계의 홍수 속에서 정작 돌보지 못했던 나를 깨우는 것이다. 곽 작가의 프로그램 소개 중에는 이런 글이 있다.

지금 이대로의 모습으로 충만함과 행복감을 느끼고, 나 자신의 가장 좋은 친구로 살아가길 원한다면 이 프로그램을 권한다.

적지 않은 친구, 지인, 동료들이 있지만 정작 나와

는 친구가 되지 못하고, 스스로를 다그치거나 혼내기만 했던 내 모습이 스치듯 떠올랐다. 다양한 관계에서 힘들어하던 참가자들은 자신이 겪고 있는 힘겨움을 꺼내놓았다.

> "감정 조절이 안 돼요. 화를 낼 게 아닌데 화가 나고, 화를 내야 하는데 화를 내지 않고. 저는 안정된 직장에서 일하니 불만이 없어야 하는데, 그렇지가 않아요."(참가자 ㄱ)
>
> "행복하지 않을 이유가 없는데 행복하지 않아요."(참가자 ㄴ)

고민의 내용은 달랐지만, 그 결은 서로 통했다. '나는 왜 이렇게 힘들까, 왜 이렇게 행복하지 않을까.' 이야기를 꺼내며 눈물을 참지 못하는 참가자들도 여럿이었다. 차분하게 프로그램의 분위기를 기록하려 했지만, 내 눈에도 자꾸 눈물이 차올랐다. 곽정은 작가는 다독였다.

"문제를 이야기하면서 '고치고 싶다'고 하시는데, 그 러지 않아도 된다고 말하고 싶어요. 이곳에 찾아오 신 것만으로도 대단하신 분들이에요."

고요하고 안전하고 향긋한 공기가 머무는 깨끗 한 공간에 가만히 앉아 곽 작가의 강연과 명상 체험에 마 음을 맡기게 된다. 그러나 이곳에서는 아름다운 이야기 만 오가지 않는다. 고통스러운 순간들이 있다. 입 밖으 로 꺼내는 순간, 상처에 소금을 뿌린 듯 아파오는 경험들 을 꺼내놓게 된다.

고통 드러내기는 첫 단계다. 그 고통의 정체와 영향 을 '알아차리기'가 이어진다.

"감정에도 수명이 있다고 합니다. 1분 30초라고 해 요. 그런데 그 감정에 우리가 생각을 더하고 더하 죠. 그렇게 감정에 이끌리는 노예가 되는 거예요."

"멈추고, 호흡하고, 알아차리세요."

천천히 곽정은 작가의 안내에 따른다. 정말 이런 단순한 행위로 가능할까? 의구심을 갖게 된다. 이런 내 생각을 읽은 듯 곽 작가가 설명을 덧붙였다.

"멈추지 않으면 알 수 없어요. 감정을 표현하며 대화하기 전에 그 감정, 예를 들면 분노를 인지했다면 어떨까요? 감정에 생각이 더해진 것을 알게 됐다면요."

뒤이어 곽 작가가 명상 지도자들에게서 배운 호흡법을 안내하자, 천천히 호흡하며 내 자신의 마음속 감정을 알아차리는 경험을 하게 됐다. 관계에서 겪는 어려움을 토로하며 울음을 뱉던 참가자들은, 명상 도중에 들려오는 곽정은 작가의 목소리에 다시 흐느낀다.

인간관계라는 말을 다시 생각한다. 목말라하는 위안과 격려를 바깥에서만 찾으려고 하기를 멈추어야겠다는 생각이 든다. 먼저 내면에 귀 기울여보길 노력해보자고 다짐하게 된다. 곽정은 작가는 스스로에게 편지를 써보길 권한다.

"'너를 소중하게 배려해주는 사람이 어딘가에 있을 거야' '낯선 땅에서 생활하느라 고생했어. 많이 힘들었지?' '이제는 네 안의 감정을 알아차리고 너 자신부터 사랑해주길 바라' 이렇게 만일 가장 친한 친구가 나와 똑같은 일을 겪고 있다면 그 친구에게 어떻게 말해주고 싶은지 써보세요."

비로소 무너진 마음의 담장 자리에 생겨난 다리가 튼튼해지는 느낌이었다.

사람들은 곽정은 작가가 화려하고 멋진 삶을 살아간다고 생각한다. 그러던 그가 왜 멈춰 서서 명상을 하게 됐는지 궁금해진다.

"2016년에 처음으로 명상을 접했다. 그때까지만 해도 내가 내 인생의 주인이라고 당당하게 생각했다. 그런데 깊은 곳, 심연에 있는 나와 바깥의 기준에 맞춰 다른 사람처럼 살고 싶어하는 내가 떨어져 있더라. 심연의 나, 그 존재를 알아봐주는 게 내 첫 명

상의 느낌이었다. 이곳에서도 많은 분들이 우시
는 게, 갑자기 슬픔이 밀려와서가 아니라 어렴풋
이 느끼긴 했으나 알아봐주지 못했던 '나'를 마주해
서일 때가 많은 것 같다."

곽정은 작가는 현재 한양대 상담심리대학원에 다니
고 있다. 그것도 아주 열심히. 거의 모든 과목에서 A+를 받
았다고 한다. 그가 대학원에 다니고 난 뒤에 보내온 원고
에는 치열하게 배운 내용들이 녹아 있었다. 2020년 초에
는 세계적으로 유명한 인도의 명상학교 '오앤오 아카데
미'에서 명상 트레이너로 수련하고 인증을 받았다.

2018년에 문을 연 빙 어웨이크 프로그램은 내면 치
유 프로그램 '셀프 러브' 워크숍으로 한차례 진화했다. 최
근에는 '디어 셀프'라는 4주짜리 마음챙김 명상 프로그램
으로 새롭게 단장했다. 이 모든 프로그램은 '여성 전용'이
다. 쉼 없이 프로그램을 다듬어 선보인 곽 작가는 그 사
이 프라이빗 살롱 '헤르츠'Herz의 대표가 됐다.

이제 '연애 전문가'라기보다는 '마음 전문가'라는 수

식이 더 어울린다. 마음에 낀 먼지를 닦고, 그것을 들여다보고, 스스로를 돌보는 과정을 차분히 안내하는 그의 모습이 낯설지 않다. 그가 곧 강의 없이 명상만 하는 프로그램을 연다. 마음 운동이 필요할 때 찾을 곳이 이렇게 늘어간다. 마음 운동장, 참 반갑다.

나도 모르게 쌓아온 마음의 담장이

소리 없이 무너지고, 다리가 하나 생겼다.

깊은 곳에 웅크려 있던 나와 연결해주는 다리.

그리고 마음 운동을 통해

그 다리가 튼튼해지는 느낌이었다.

'강점' 없는 사람은 없다!

최근 들어 SNS를 중심으로 각종 심리검사, 성격유형검사가 화제가 되고 있다. 그중 인기 아이돌 멤버가 언급해 더욱 화제가 된 MBTI는 꼭 현대판 사주 같다. 게다가 각종 유형끼리 묶어 인간관계를 다 정해준다. 잘 맞는 연인도, 친구도, 상사도, 동료도, 후배도. 그런데 우리에게 정말 필요한 성격검사는 따로 있다. 아직 많이 알려지지 않은 듯한데 직접 검사를 해보니 내 경우에는 MBTI보다 훨씬 유용했다.

바로 성격강점검사, 기질 및 성격검사, 한국형 대인관계검사 등이다. 모두 체크리스트 응답형이다. 자기 보고식 검사이기 때문에 이 검사로 '나도 몰랐던 나의 모습'을 확인할 수 있을 거라는 기대는 말아야 한다. 상담심리 전문가들은 지적한다.

"자신을 잘못 바라보고 있다면 타고난 기질 역시 달리 파악될 수 있다. 자기 보고식 성격검사는 딱 '내가 나를 바라보는 정도'에서 그 결과가 나온다."

내가 요즘 주변 사람들에게 꼭 해보길 권하는 '성격 강점검사'CST, Character Strengths Test는 누구나 가지고 있는 성격의 강점을 발견할 수 있는 검사로 '긍정심리학'에 토대를 두고 있다. 우리는 '자신을 알고자' 할 때 약점과 단점에 집중한다. 나만 해도 '나 자신을 돌아본다'라고 할 때면 부족한 점만 꼽는다. 긍정심리학은 개인의 강점과 장점에 주목한다.

특히, 성격강점검사는 스물네 가지 강점 가운데 피검사자의 가장 강한 다섯 가지 강점을 꼽아 제시한다. 나의 대표 강점은 '개방성, 사랑, 용감성, 감사, 낙관성'이었다. 내가 받아본 검사 중에 가장 기분 좋은 결과지였다.

검사에 따르면 나의 최대 강점은 '낙관성'이다. 대책 없이 낙관적인 게 단점일까 걱정한 적도 있다. '현실 감각이 둔하다'라고 볼 수도 있으니까. 그런데 검사지에는 낙관성이 강한 사람을 "미래를 긍정적으로 바라보고 희망 속에서 최선을 예상하며 그것을 성취하기 위해 노력하는 태도를 탁월하게 지니고 있다"라고 설명한다. 역시, 내가 받아본 최고의 결과지다.

근육통장 잔고가 넉넉한 삶

"요즘 가장 무서운 건 근 손실, 근육 부도지."

친구 C는 아닌 게 아니라 1년 전 허리 디스크를 앓고
난 뒤에 '근 손실 방지 전도사'가 되어 만나는 사람마다
붙잡고 "제발 근력 운동 좀 해. 우리 늦지 않았어. 이 몸이
랑 앞으로 적어도 30~40년은 살아야 한다. 명심해"라고
겁을 준다.

"야! 너 걷기 운동만 죽어라 할 때 내가 뭐랬어!" 하
고 핀잔을 줬더니 "걷기라도 했으니 짧게 앓고 끝난 거야.
근육 부도 직전이었으니 망정이지. 너무 뭐라고 하지 마

셔"란다. 핑계 없는 무덤은 정말 하나도 없다.

친구 C는 회사 일, 집안일, 그리고 잠자는 시간을 제외한 하루 일과 가운데 꼭 한 시간씩 만들어서 제 몸을 돌보고 있다. 맨몸 근력 운동과 근막 스트레칭 등이 그의 주요 운동이다. 꼭 1년을 이렇게 운동하더니 부도 직전의 근육과 근력이 점점 여유로워졌다.

30대 중반을 넘어서면서 나는 그전과 달리 부쩍 자주 통장 상태를 들여다본다. 동갑내기 비혼 여성인 C 역시 마찬가지였다. 인생 중반기와 후반기를 떠올리며 여유 자금을 헤아려본다. 희망은 한 줌, 불안은 한 가득.

C가 허리 디스크로 입원까지 했을 때, 그의 통장 상태는 더 불안해졌다. 병문안을 갔다가 입원비는 부담이 안 되는지 조심스럽게 물었다.

"야! 통장 이제 그만 볼래. 본다고 저절로 느는 것도 아니고. 볼수록 심란하고. 우리 딴 통장 만들어야겠다."

이게 웬 금융 다단계 영업 멘트 같은 소리인가 하면서 먹던 귤을 계속 까먹었다.

"야, 근육통장 만들어야겠어. 나는 근육통장 잔고도 0이야, 0. 근육통장 잔고가 마이너스면 돈이 다 무슨 소용이냐. 내 돈 병원비에다만 쏟고 죽을 수는 없지. 너는 근육 잔고 좀 넉넉하겠다. 근데 넉넉하다고 막 쓰지 말고, 너도 관리 잘해라."

근육통장이라는 말은 그렇게 탄생했다. 병실 침대에 누워만 있다 보니 내내 갖은 머리를 굴리고 있어서였을까? 막힘없이 터져 나오는 근육통장 개설 촉구 연설에 고개를 격하게 끄덕였다.

근육통장. 여남은 임금에서도 차별을 받지만, 근육 재산을 쌓는 데도 한참 불리한 게 현실이다. 내가 운동을 많이 해본 편이라지만, 남성에 견줘서는 한참 적다. 여성들은 스포츠와 운동을 해본 경험이 적고, 체육관과 운동장을 당연히 내가 쓰는 공간이라고 여기지 않고 자랐다.

이런 환경에서 나고 자란 여남의 근육통장을 열어보면, 잔고는 이미 한참 차이가 날 것이다. 그렇다고 근육통장 관리를 완전히 포기하면? C가 그렇게나 두려워하는 근육 부도 사태가 닥친다.

재테크에 관심 있는 사람이라면, 한 번쯤 들어봤을 말.

"재테크를 하는 이유는 '복리의 마법'에 있다."

복리. 말 그대로 이자에 다시 이자가 붙는다는 말이다. 저축을 하면 이자가 생기는데, 그 이자에 다시 이자가 더해진다는 뜻이다. 근육통장을 꼭 개설해야 하는 가장 큰 이유? 역시 '복리'다. 근육과 근력이 5퍼센트 늘어나면 그렇게 큰 변화를 느끼지 못할 수 있다. 그러나 꾸준히 운동을 하면 어느 순간, 내가 하지 못했던 움직임을 수월하게 해내는 때를 맞이한다.

"내가 이게 돼? 진짜? 왜 이러지? 말도 안 돼!"

내가 오른손에 18킬로그램짜리 케틀벨을 들고 팔을 머리 위로 끝까지 올리는 동작을 세 번 하고 나서 했던 말이다. 16킬로그램 케틀벨로도 할 수 없던 동작인데, 18킬로그램이라니! 근육은 확실한 복리를 보장한다.

복리의 장점을 누리려면 몇 가지 주의할 게 있다. 중도 해지는 곤란하다. 높은 수익률을 얻으려고 과잉 투자를 해서도 안 된다. 운동도 마찬가지다. 운동을 꾸준히, 그러나 각자의 몸이 견디고 일상을 유지할 수 있을 만큼 하자. 근육 투자, 어렵지 않다.

근육통장과 근력적금의 잔고가 넉넉한 삶. 살아보니 정말 좋다. 일상을 단정하게 꾸리는 힘도, 관계를 단란하게 이어가는 힘도 넉넉한 근육과 근력에서 나온다. 무엇보다 나를 다정하게 대하게 된다.

"다정함은 체력에서 나온다"라는 누군가의 이야기를 듣고, 많은 사람들이 남에게 다정하게 대하는 걸 떠올렸다. 나는 남에게만 다정하기보다 나에게도 다정해지고 싶다. 게다가 이 몸과는 절대 떨어지지 않은 채 평생을 함께 살아가야 하지 않는가.

금융통장을 들여다보면 막막하기만 했던 인생 중반기와 후반기가 근육통장을 보니 덜 막막하다. 이제 노화해가는 내 몸과 건강하게 함께 살아가는 방법이 궁금하고, 그 방법을 결국에는 찾아낼 거라는 생각에 설렌다.

"내 돈 병원비에다만 쏟고 죽을 수는 없지."

생존을 위해, 미래를 위해,
근육통장이 가장 든든하다.
어릴 때부터 근육과 근력 저축에
익숙하지 못했던 여성들이여,
하루 빨리 근육통장과 근력적금을 개설하자!

우리는 이제 근력 넘치는 미래로 간다.

남은 힘이 생겼다

근력 운동을 시작한 지 3년이 넘었다. 근력과 체력이 충분해지자 나의 일상을 돌보기 위한 일에 크게 애쓰지 않아도 되는 삶을 이어가고 있다. 바꿔 말하면, 그전까지는 소소한 일상을 이어가는 일조차 지나치게 애를 썼다. 몸과 마음의 여력이 없었다.

여력이 생긴 뒤의 변화는 무엇보다 '할 수 있는 걸 당장 할 수 있는 힘'이 있다는 거였다. 그래서 떠올렸다. 당장 내가 할 수 있고, 하고 싶은 일들. 내가 요즘 혼자 있는 시간이면 가장 많이 접하는 '동물'이 생각났다. 동물 이야기, 동물 책, 동물과 인간 등등. 고양이 하모와 함께 살면서 동물과 동물권을 생각하지 않을 수 없었다.

몸과 마음의 힘이 넉넉해지자 2020년을 맞이하면서 여러 계획을 세웠다. 그전까지는 수년 동안 한 해의 계획조차 세우지 못할 정도로 지쳐 있었다. 앞으로 반드시 지키겠다고 결심한 건 '동물 보호소에서 한 달에 한 번 봉사활동 하기'다. 길 위의 동물과 보호소의 동물 이야기를 접하다 엉엉 우는 때가 잦아졌다. 하모에 대한 사랑이 깊어질수록 더욱 그랬다. 밤이면 동물들 소식에 빠져 늦게 잠을 이루기 일쑤였다. 그리고 남은 건 미안함이었다. 봉사활동도 운동이랑 꼭 같았다. 할 수 있다면 해야 하는데, 하지 못할 핑계는 너무 많았다. 봉사활동에도 점점 탄력을 붙이자!

'비글구조네트워트'에서 처참한 지경이었던 옛 애린원의 1,600여 마리 개들을 구조해 보호하고 있는 공간이 경기도 포천에 있다. 그곳으로 마음을 정했다. 관련 소식과 봉사자 모집이 이뤄지는 온라인 카페에 가입해 봉사자 현황을 보니, 지체할 수가 없었다. 평일 봉사자는 한 명도 없는 날이 많았다. 곧바로 봉사활동을 신청했다.

혼자라도 가야겠다고 결심했지만, 한 명이라도 더 보태면 좋겠다 싶었다. 당장 떠오른 건 나만큼이나 힘세고 튼튼한 사람들, 파워존 합정의 친구들이었다. 혹시나 하는 마음에 함께 봉사활동 갈 사람들을 찾는다는 소식을 여기저기 올렸더니 금세 네 명의 팀이 꾸려졌다. 이름하여 파워존 봉사회(언젠가는 꼭 플래카드를 만들어 기념사진을 찍겠다는 포부를 안고 있다).

첫 봉사활동은 1월, 겨울치고 꽤 따뜻한 날이었다. 파워존 친구의 가족 한 분까지 합류해 다섯 명이 비글구조네트워크 포천쉼터로 향했다. 햇빛이 따사로워 다행이다 싶었는데, 견사 안에 놓인 물그릇은 꽝꽝 얼어 있었다. 아이들이 마실 물이 담긴 물병의 물도 통째로 얼어 있었다. 추위와 두려움에 떠는 강아지와 개들이 있는 견사에 들어가 똥과 오줌이 범벅인 바닥에 깔린 톱밥을 긁어서 쓸어 담고, 사료와 물을 채워가기 시작했다.

그런데 견사에 들어갔다 나올 때마다 허리를 잡고 "으윽!" 하는 신음을 낼 수밖에 없었다. 청소를 시작한 지 30분도 지나지 않아, 온몸과 이마에는 땀이 줄줄 흘러내렸다. 눈물은 차마 흘릴 수가 없었다. 우느라 허비할 시간은 없었다. 처참함과 안타까움에 마음이 아팠지만 참았다. 함께 간 친구가 점심을 먹다 눈이 벌게지는 나를 보고 말했다.

"미래를 생각하면 너무 괴로우니까, 일단 할 수 있는 걸 하자. 이 개들의 오늘만 생각하자."

겨우 눈물을 삼키고, 다섯 시간의 봉사활동을 이어갔다.

"허리 굽히지 말고, 고관절 굽혀서!"

과연 파워존 봉사회답다. 힘 제대로 쓰는 법을 견사 청소할 때 쓸 줄이야. 과연 허리를 구부정하게 굽힌 채 청소를 할 때보다 스쾃 자세처럼 배와 엉덩이에 힘을 주고 고관절을 굽혀서 힘을 쓸 때 똥오줌 톱밥을 쓸어 담기가 훨씬 수월했다.

이후 봉사를 갈 때마다 힘을 쓰고 온다고 생각했는데, 보호소에 있는 개들이 보여주는 환대에 오히려 힘을 얻어오는 느낌이다. 아이돌급 인기를 겪어본 적이 없어서 몰랐는데, 보호소에서 나를 보면 반갑다고 달려드는 개들 덕에 느낄 수 있었다.

한 달에 한 번 봉사활동과 함께 일상에서 이어갈 수 있는 활동도 느슨하게 실천하고 있다. 비건 지향인의 삶. 완벽하고 엄격한 비건은 아니지만, 되도록 채소를 먹으려 노력한다. 붉은 고기는 최대한 줄이고 있다. 근력 운동을 하면서 고기를 챙겨 먹어야 근 손실을 방지할 거라고 철석같이 믿고 살았다. 그래서 비건 지향이 혹시나 생활 운동인의 삶과 병행하기 곤란하지는 않을까 생각했었다.

〈더 게임 체인저스〉는 나 같은 사람이 꼭 보면 좋을 다큐멘터리다. 채식을 해도 근력을 비롯한 운동 능력이 떨어지지 않는다는 주장을 담았다. 이 주장의 근거로 삼는 건, 다른 사람도 아니고 비건 프로 운동선수들이다. 단숨에 설득된 나는 이제 되도록 붉은 고기를 먹지 않는 사람이 됐다.

먹는 것 외에도 꼭 필요하지 않은 새로운 제품(옷, 가전제품, 생활용품)을 되도록 사지 않고, 플라스틱 쓰레기가 잔뜩 나오는 배달 음식을 시켜 먹지 않으려고 노력한다. 쉽지 않다. 그러나 지나치게 엄격한 잣대를 들이밀지 않으니 좌절하기보다는 작디작은 성취를 쌓아가는 데 집중한다. 근력을 조금씩 차근차근 쌓았듯, 지구와 지구에 함께 사는 생명에게 폐를 덜 끼치며 살기 위해 한 발 한 발 내딛는다.

내가 쌓아온 근력 덕분에 덜 잔인한 생명체가 되어가는 것 같다. 하고 싶은 일을 하고, 일상을 돌보고, 남은 근력과 체력으로, 조금씩 좋은 사람이 되어간다는 감각!

언젠가는 보호소에서 개를 입양해 함께 살 계획을 세우고 있다. 그러려면 가장 중요한 게 근육통장과 근력적금의 잔고를 아주 넉넉하게 채우는 거다. 강아지의 아침저녁 산책권 보장과 시도 때도 없는 놀이권을 보장하려면 필수다. 운동을 꼭 해야 할 이유가 이렇게 또 늘어간다.

내가 쌓아온 근력 덕분에 덜 잔인한
생명체가 되어가는 것 같다.
하고 싶은 일을 하고, 일상을 돌보고,
남은 근력과 체력으로,
조금씩 좋은 사람이 되어간다는 감각!

마음 단련 애플리케이션과
마음 운동장

마음 운동에 관심을 갖는 2030 세대들이 늘고 있다. 말 그대로 '마음의 건강을 위한 운동'이다. 명상으로 마음 건강을 돌보는 애플리케이션, 마음 단련을 위한 헬스클럽 같은 오프라인 공간도 있다. 거리 두기, 자가 격리 등으로 갑갑해지는 시대, 명상이 마음의 숨통을 조금이라도 틔워주는 도구가 되길 바란다.

1. 마보

국내 최초 마음챙김 명상앱. 마보의 명상 훈련은 '기본 7일 훈련' '집중 훈련' 등 마음챙김 명상을 체계적으로 배우고 싶어하는 사람들에게 적합하다. '기분별 마음 보기' '상황별 마음 보기'를 통해 사용자가 그때그때 자신의 기분이나 상황에 따라 그에 적합한 '마보 가이드'를 들을 수 있다. 명상 뒤에 자신의 느낌과 생각을 일기처럼 남기고 다른 사용자들과 공유하는 소셜 기능도 있다.

2. 왈이의 마음 단련장

명상을 '마음 건강 단련'의 차원에서 접근하는 곳도 생겼다. 밀레니얼 세대들의 '마음 헬스클럽'을 표방하는 '왈이의 마음 단련장'이 바로 그곳이다. 노영은, 김지언 공동 대표는 마음 단련장을 '밀레니얼의 명상 요가 상담클럽'이라고 소개한다. "몸은 병에 걸리기 전에 운동도 하고 몸에 좋은 음식도 먹으면서 '왜 마음은 아주 아파야만 돌볼까'라는 의문에서 출발했다. 마음 단련장에서 진행하는 오프라인 명상 프로그램뿐만 아니라 온라인 명상 모임 등도 진행한다.

3. 캄(Calm)

명상에 익숙하지 않은 사용자들도 이용하기에 부담스럽지 않도록 원데이 클래스 프로그램을 제공한다. 그 밖에도 수백 가지 프로그램을 사용자들에게 제공하고 있어서 명상을 오래 지속해온 사람들에게도 추천할 만하다. 불안 다스리기, 집중, 관계, 습관 바꾸기 등 다양한 주제의 마음챙김 명상 프로그램이 마련되어 있다. 자신의 상황에 필요한 것을 골라 실행해보면 된다.

4. 카카오같이가치 마음챙김

카카오의 기부 플랫폼 '같이가치'에는 '마음날씨' 페이지가 있다. 페이지 상단에 '마음챙김' 항목에 들어가면 무료로 제공하는 명상 안내 오디오 콘텐츠가 다양하다.

#WOMEN_STAY_STRONG

2020년 4월 일터에서 인사이동이 있었다. 《한겨레》 편집국 젠더데스크. 《한겨레》 구성원과 함께 젠더 이슈와 성범죄 관련 기사를 수시로 살피며 성인지 감수성을 반영한 콘텐츠로 개선하는 일을 맡았다. 국내 언론 중 유일한 직책이다.

고백하자면, 지난 두 달 반 동안 운동을 하지 못했다. 코로나19 때문이기도 하고, 새로 맡은 일을 잘해보고 싶어서 당분간 적응기를 가져야겠다는 판단 때문이기도 했다. 케틀벨과 바벨에 쓸려 굳은살이 생겼던 손바닥은 다시 말랑해졌다. 기껏 길러놓은 힘이 손바닥의 모래처럼 빠져나가는 기분이었다. 초조했다.

체육관에서 운동은 못했지만, SNS에서는 열심히 운동을 했다. 'N번방 성 착취물 사건'이 연일 이슈가 됐다. 젠더데스크인 나는 날마다 바짝 긴장을 해야 했다. 내놓은 콘텐츠에 성인지 감수성이 결여된 잘못된 제목, 문장, 시각물이 있을까 걱정이었다.

일터에서는 이런 일을 하고, 퇴근한 뒤에는 디지털 성범죄 가해자 엄벌과 근절을 촉구하는 SNS 운동에 동참했다. 전 세계 SNS 이용자에게 한국의 디지털 성범죄 상황을 알리기 위해 특정 문구를 실시간 검색어로 올리는 이른바 '총공'에 최대한 참여했다. 여러 차례 동참했는데, 자꾸 의문이 들었다. 과연 바뀔까? 저마다 할 수 있는 일을 한다지만, 과연 이 운동이 통할까?

점점 힘이 빠져가던 어느 날이었다. '여성들이여 강해지자!'라는 메시지가 담긴 해시태그가 등장했다, #WOMEN_STAY_STRONG. 너무나 반가웠다. 가슴이 뛰었다. '당장의 변화, 분명히 어려울지도 몰라'라는 회의적인 생각 틈으로 새싹이 비죽 올라왔다.

튼튼한 여자들은 미래로 간다.

미래는 튼튼한 여자가 만든다.

#WOMEN_STAY_STRONG

SNS에 데드리프트를 하는 사진과 함께 해시태그를 올렸다. 나를 위한 포스팅이었다. 쉽게 물러서지 않는, 기필코 변화를 이끌어내고야 마는 나의 모습을 확인하고, 스스로 다독이고 싶었다. 지치고, 드러누워버리고 싶을 때도 있지만, 튼튼한 여자들이 내민 손을 잡고 일어서 한 발 내딛으면 되는 거라고. 그러니 우리는 언제든 앞으로 다시 나아갈 수 있다고.

두 달 반 만에 다시 운동하러 체육관에 갔을 때 '이렇게까지 기분 좋을 일인가?'라는 생각이 들 정도로 기뻐서 어깨춤까지 췄다. 근육이 튼튼한 사람, 강한 사람이 되고 싶은 나는 아무래도 평생 운동을 하겠지 싶다. 우선 마흔 전 턱걸이 성공이 목표다. 안 되면 쉰 전에 하면 되고!

근육이 튼튼한
여자가 되고 싶어

초판 1쇄 발행 2020년 7월 17일
초판 3쇄 발행 2020년 9월 17일

지은이 이정연

발행인 이재진 단행본사업본부장 신동해 편집장 이남경
책임편집 최연진 디자인 석윤이 일러스트 이민혜
마케팅 이현은 최혜진 홍보 최새롬 박현아 권영선 최지은
국제업무 김은정 제작 정석훈

브랜드 웅진지식하우스
주소 경기도 파주시 회동길 20
주문전화 02-3670-1595 팩스 031-949-0817
문의전화 031-956-7359(편집), 031-956-7567(마케팅)
홈페이지 www.wjbooks.co.kr
페이스북 www.facebook.com/wjbook
포스트 post.naver.com/wj_booking

발행처 (주)웅진씽크빅
출판신고 1980년 3월 29일 제406-2007-000046호

ⓒ이정연, 2020
ISBN 978-89-01-24375-7 03810

• 이 도서의 국립중앙도서관 출판예정도서목록(CIP)은 서지정보유통지원시스템 홈페이지
(http://seoji.nl.go.kr)와 국가자료종합목록 구축시스템(http://kolis-net.nl.go.kr)에서 이용하실 수 있습니다.
(CIP제어번호: CIP2020026075)
• 책값은 뒤표지에 있습니다. • 잘못된 책은 구입하신 곳에서 바꿔드립니다.